자전거를 타면
앞으로 간다

정지된 일상을 깨우고, 앞으로 나아가는 법

자전거를 타면
앞으로 간다

강민영 지음

어디에나 있고
손을 뻗으면 누구나 쉽게
마주할 수 있는 물건

자전거.

그러던 어느 날,

내게 '자전거'라는 단어의 반짝임이 찾아왔다.

운동으로

여행으로

일상으로

나는 자전거를 타고 앞으로 간다.

목차

2. 달리다

3. 나아가다

들어가며

나의 몸을
일으키는
무언가

'자전거'라는 단어는 삼십 대 이후 나의 일상이 되었다. 벌써 햇수로 10년 정도 꾸준히 자전거를 타고 있어서인지, 주변 사람들은 여전히 나와 이야기를 나눌 때 자전거의 안부 또한 같이 묻는다. "자전거, 지금도 타고 있죠?" 그러면 언제나 가볍게 고개를 끄덕였다. "자전거, 당연히 타고 있죠."

나에게 자전거의 존재는 늘 당연했다. 비가 오나 눈이 와도, 심지어 다쳤거나 예기치 않은 질병으로 고통스러울 때도 언제나 이 순간이 지나면 자전거를 타자, 날이 좋아지면 자전거를 타자, 하는 마음이 앞섰기 때문이다. 그런데 문제는 그토록 당연한 일이 '당연하지 않은' 일이 될 때부터였다. 자전거가 갑자기 내게서 멀어진 거다.

고백하자면 자전거에 관한 글들을 준비하면서, 나는 수년 만에 처음 겪는 '자전거 권태기', 일명 '자태기'의 시기에 빠져들었다. 예전에도 몇 번 경험하긴 했지만 그땐 사실 그저 말로만 힘들다 뭐다 했을 뿐, 실제로 자전거를 끌고 밖으로 나가면 여전히 자전거를 타는 일이 즐거웠다. 하지만 이번엔 진짜였다. 이게 진짜라는 걸 나의 운동 기록들이 보여주고 있었다. '자전거' 카테고리로 기록된 운동의 주기는 며칠에서 한 달로 멀어졌다. 그것도 한창 자전거 시즌이라고 불리는 여름에 말이다.

자전거에 대한 열정이 사그라든 동안, 몸을 움직이지 않은 건 아니다. 그러니까 운동 자체를 하지 않은 건 아니었다. 패들보드를 배워 열심히 한강에 나갔고, 새 등산화를 사서 등산을 다녔고, 달리기를 시작했다. 그렇게 열심히 밖에서 쏘다닐 동안 자전거는 내 방 한구석에 조용히 잠들어 있었다. 나는 바람이 빠져 말랑해진 지 이미 오래인 자전거 바퀴를 이따금 만지며, 언제쯤 다시 자전거에 대해 흥미가 돌아올까, 이 상태로 자전거에 대한 글은 잘 마감할 수 있을까 진심으로 걱정했다. 친구들은 더 이상 나와 나의 자전거에 대해 묻지 않았다. 이래도 괜찮은 걸까.

하지만 책상에 앉아 자전거와 함께한 시간을 계속 정리하고 떠올리면서부터, 거의 바닥까지 내려가 0에 수렴되던 자전거에 대한 흥미가 다시 올라오기 시작했다. 무작정 자전거를 끌고 밖에 나간다고 해서 해결될 문제는 아니었던 거다. 몇 년 동안 정말 물과 공기만큼 내게 중요했던 한 대상에 대해, 그 대상을 만나기 아주 오래전 까마득한 순간부터 되짚어가며 지금에 이르는 생각까지 정리하고 나서야, 자전거라는 존재는 수면 밑에서 위로 올라왔다.

이 책에 쓰인 이야기들은 일종의 치유와 극복의 면면을 가진다고도 할 수 있다. 평생토록 단 한순간도 나와 떨어질 일이 없을 거라 생각했던 어떤 대상이 나에게서 멀어질 수도 있다는 사실, 그 사실을 목도한 내가 만일 대상에 대한 애정이 아직 있다면, 혹은 그가 내 곁으로 원래대로 돌아와야 할 정도로 중요하다면, 어디서부터 짚어가며 문제를 풀어야 할까에 대한 문제. 나는 그 답을 '자전거'와 함께 찾는 대신 '자전거'를 내려놓고, 함께 지내온 날들을 머릿속으로 복기하며 찾았다. 무작정 행동에 뛰어들어 해결해야 할 때도 있지만, 반대로 멀리 떨어져 모든 걸 내려놓은 채 차근차근 과거와 현재를 짚어봐야 할 때도 있는 법이다. 나와 내 자전거는 후자의 방식으로 다시 가까워졌다.

애정하는 대상과의 소원함과 헤어짐은 언제고 있을 수 있는 일이다. 아직 겪진 못했지만, 지금까지 가장 좋아하는 일이자 한 번도 손에서 놓아본 적 없는 '글'을 쓰는 일에 대한 고민과 권태 또한, 역시 일어날 수 있는 일이다. 나는 이 책을 꾸리고 엮어가는 과정에서, 내가 언제고 비슷한 상황을 또다시 마주할 수 있음을 배웠다. 완전한 영원을 약속하는 건 어떤 대상에도 존재하지 않는다는 일, 그에 반해 나만 오롯하게 서 있다면 예전, 혹은 전보다 더 나은 생활과 사고를 가질 수 있게 된다는 것. 한번은 겪어보았으니 두 번째부터는 분명 수월할 테다.

글을 쓰는 동안 이렇듯 여러 일이 있었지만, 마지막 장의 마침표를 찍으며 결국 내가 자전거를 얼마나 좋아하고, 얼마나 소중하게 여겨왔는지, 자전거라는 존재가 나의 삼십 대에 어떤 의미와 이유를 가져다주었는지를 확인할 수 있었다. 반드시 자전거가 아니더라도 나의 발을 움직이고 나의 몸을 일으키는 무언가가 있다면, 그를 떠올리며 한 장씩 읽어주시길. 그게 만약 같은 자전거라면, 더할 나위 없이 반가울 테다. 혹, 자전거로 향하는 길을 망설이고 있다면, 글을 통해 하는 예행연습이라 생각해주시면 감사하겠다.

자전거와 자전거를 타는 나,
이 두 가지만 준비된다면

1

오르다

자전거,
익숙하고도
낯선 그 이름

이따금씩 처음 자전거를 탄 순간을 떠올린다. 우선은 초등학생 때 친구들과 떼 지어 자전거를 타며 페달을 밟던 장면이 가장 먼저 재생된다. 그때 몇 번이고 반복해 넘어져 생긴 오른쪽 무릎 흉터는 여전히 그 자리 그대로 남아 있다. 하지만 그때가 자전거를 처음 만난 순간은 아니다. 머리를 굴려, 조금 더 앞으로 태엽을 감아본다. 운동복도 내복도 아닌 어중간한 옷을 입고 자전거를 타고 있는 미취학 어린아이가 보인다. 자전거를 안정적으로 타고는 있지만, 그렇게 느껴지는 이유는 자전거 뒷바퀴에 작은 보조 바퀴가 덧대어져 있어서다. 아이는 얼마 지나지 않아 보조 바퀴를 제거하고 두발자전거를 능숙하게 운용하겠지만 이때도 역시 '처음'이라 말할 수 있는 순간은 아니다.

이번에는 조금 더 많이, 더 앞으로 기억을 더듬어본다. 낮은 몸체의 요란스런 치장을 한 자전거가 보인다. 손잡이에는 의미 없는 반짝이가 주렁주렁 매달려 있다. 앞뒤, 양옆 어디에서 봐도 절대 넘어질 것 같지 않은 안정적이고 투박한 세발자전거. 헬멧을 쓰고 있지만 사실상 그냥 얹혀 있는 것과 다를 바 없는 모습. 맞다. 이때가 내 힘으로 자전거를 굴린 '최초의' 순간이다. 떠올릴 때마다 시간은 다소 걸리지만 잊히지 않는 가장 확실한 기억 중 하나다.

자전거라기보다 장난감에 가까운 작은 세발자전거를 처음 두 손으로 잡았을 때의 기분을 잊지 않고 지내는 사람도 제법 많을 것이다. 누군가의 도움이 아닌 나의 두 다리만으로 이 물체를 움직여 앞으로 나아간다는 대단함. 지금에야 별것 아니겠지만 어릴 때는 혼자 무언가를 한다는 일에 얼마나 고취되었는지, 신발 바닥이 닳고 자전거 핸들이 하얗게 빛바랠 때까지 조그마한 페달을 밟고 또 밟았다. 종종 바로 옆에서 씽씽 달리는 커다란 바퀴의 자전거들을 곁눈질로 바라보며 감탄하기도 했다. 지금보다 조금 더 자라면 저런 자전거를 사고 말 거라는 포부를 가지면서도, 두툼 묵직한 세 개의 바퀴가 주는 안정감에 만족했다. 기억은 거기서 끊어진다. 결국 그 자전거가 어떻게 되었는지까지 떠올리긴 역부족이지만, 양옆이 긴 브이 자 모양의 핸들을 단단히 잡고 힘차게 두 발을 구르던 순간을 잊을 수 없다.

두발자전거에서 바로 자전거를 시작한 사람도 있겠지만, 나처럼 몸을 날려 모험을 즐기는 게 썩 석연치 않았던 사람은 안정적인 세 발, 혹은 보조 바퀴를 달아 네발로 자전거를 시작했을 것이다. 물론 자전거와 친해지지 못해 자전거 타는 법을 아직 배우지 못한 사람들도 많을 테다. 하지만 직접 탈 수 있거나 없거나 '자전거'라는 존재가 익숙하지 않은 사람은 없다. 자전거 모양을 한 유모차부터, 거리에서 쉽게 마주할 수 있는 공유 자전거, 접이식 자전거 등 우리는 하루에 적어도 한 번쯤은 자전거를 만난다.

자전거가 완전히 새로운 물건이었던 어릴 때, 나는 재미로 자전거를 타곤 했다. 하지만 어른이 되고 나서 자전거는 단순 흥미나 재미 위주로 접근하기엔 좀 먼 것으로 느껴졌다. 물건을 잔뜩 실으면 자전거가 너무 무거워져 힘이 들고, 통학이나 출근길은 자전거로 가기엔 너무 멀었다. 장거리는 엄두도 내지 못했고, 가까운 거리나 조금 타면 다행이었지만 그마저도 힘에 부쳐 안장 위에 오르는 걸 쉽게 번복하곤 했다. 그러다 가지고 있던 자전거를 도난당했고 한동안은 자전거를 사지 않았다. 자전거를 잃어버린 게 분하긴 했지만, 자전거 도난은 흔한 일이었고 당시 타던 자전거는 누군가로부터 물려받은 것이기에 그에 대한 마음을 쉽게 접었다. 어디서나 접할 수 있고 쉽게 가질 수 있으니 더 멀게 느껴졌다고 해야 할까. 매일 자전거를 한두 대쯤 마주치는 일상이라 심드렁했다고 해야 할까.

아무튼 나에게 자전거란 그런 존재였다. 어디에나 있고 손을 뻗으면 누구나 쉽게 마주할 수 있는 물건. 야외 자전거

보관소에 몸통만 남겨두고 바퀴며 안장이며 살뜰하게 털어 간 자전거 도둑을 생각하며 혀를 내두를 뿐이었다.

그러던 어느 날, 나에게 '자전거'라는 단어의 반짝임이 찾아왔다. 돌이켜보면 재밌게도, 그 계기란 건 아주 어린 시절 자전거를 처음 타며 느꼈던 성취감과 맞닿아 있었다. 다만 코 흘리며 두 발로 세발자전거를 타던 어린 시절과는 몇 가지 변화한 점이 있다. 거추장스러운 장식이나 의미 없는 반짝이, 과자 한 봉지 겨우 담길 정도의 작은 바구니는 사라지고 자전거와 나, 둘만 남았다는 점이다. 그러니까 내가 나에게 온전히 집중하고 싶다는 마음이 들 즈음에야, 나는 자전거가 선사하는 새로운 세계로 첫발을 디딜 수 있게 된 것이다.

나에게 자전거란 그런 존재였다. 어디에나 있고
손을 뻗으면 누구나 쉽게 마주할 수 있는 물건.
그러던 어느 날, 나에게 '자전거'라는 단어의
반짝임이 찾아왔다.

그러니까 내가 나에게 온전히 집중하고 싶다는
마음이 들 즈음에야, 나는 자전거가 선사하는
새로운 세계로 첫발을 디딜 수 있게 된 것이다.

내가 널 위해
뛰고 있어

SNS를 돌아다니다 보면 자전거로 출퇴근을 한다는 사람들의 이야기를 어렵지 않게 발견할 수 있었다. 자전거와 함께 찍은 출퇴근 인증샷들에는 말 그대로 건강해 보이는 기운이 가득 차 있었다. 자전거와 함께하니 좋아요, 막히는 대중교통에서 벗어날 수 있어요, 아침저녁으로 건강해지고 있어요. 긍정적인 말과 대화들이 가득했다. 솔직히 이해할 수 없었다. 자전거로 출퇴근을 하다니, 분명 지하철 두세 정거장 정도의 가까운 거리를 오가는 사람들일 거야. 그런데 조금 더 들여다보니 한강을 동에서 서로 가로질러 왕복하는 사람, 심지어 산 하나를 넘어 출퇴근하는 사람도 보였다. 편의점을 가거나 동네 마실 외에 자전거의 용도를 생각해본 적 없는 나의 머릿속에 물음표가 크게 떠올랐다. 나와 내 자전거도 저렇게 멀리, 오랜 시간 동안 달릴 수 있을까?

베란다에 긴 시간 방치된 자전거를 마지못해 꺼낸 건 '저 상태로 놔두느니 차라리 팔아버리거나 누굴 줘버리자'는 말을 가족에게서 듣고 난 직후였다. 도난당한 자전거 이후 처음 구매한 자전거였다. 먼지가 뽀얗게 올라앉은 자전거를 걸레로 몇 번 훔쳐내니, 광택이 나는 검은색 프레임이 반짝였다. 비싼 돈을 주고 산 자전거는 아니지만 빨래걸이 역할도 하지 못한 채 꿔다놓은 보릿자루 모양을 하고 있었다니, 조

금 측은한 마음이 들기도 했다.

그렇다고 작정하고 '지금부터 자전거를 열심히 타겠어!'라는 다짐을 한 건 아니고, 따지고 보니 만만한 게 출퇴근길이란 생각이 들었다. 그래, 나도 한번 해보자고 마음먹었다. 집 근처 자전거 수리점에서 바람을 넣고 브레이크를 점검하는 등 자전거를 '고물 직전'에서 '굴러갈 수 있는 수준'까지 만들어 놓았다. 집에 돌아와 지도 앱을 열고 출근 경로를 확인했다. 편도 15km, 왕복 30km 정도 되는 거리였다. 계산된 예상 시간은 한 시간. 15km라는 거리에 대한 감각도 없고 한 시간 정도 페달을 밟으면 회사에 도착한다는 사실도 쉽게 와닿지 않았다. 하지만 지도 앱의 초록색 선이 나에게 분명하고도 확실히 말하고 있었다. 이 선을 따라가면, 너도 여기 도착할 수 있다고, 중간에 멈추거나 이탈하지만 않는다면, 그건 틀림없을 거라고.

평소보다 한 시간 일찍 눈을 떠 간단히 아침을 챙겨 먹었다. 이렇게까지 일찍 일어나야 할 일인가 싶은 생각은 들었지만, 아무래도 지도 앱이 알려주는 예상 시간보다 내 체력이 더 아래에 위치할 것 같은 불안감이 들었다. 따로 들고 갈 짐은 없으니 지갑만 챙겨 주머니에 넣었다. 자전거 수리점에서 미리 사둔 휴대폰 거치대를 자전거 핸들에 달고 지도 앱을 열었다. 중고로 싸게 산 헬멧도 쓴 후 머리에 맞게 끈을 조였다. 난생처음 자전거로 출근을 하려니, 가슴이 쿵쾅거렸다. 이대로 페달을 밟아 나가면 다시 돌아올 수 없다. 아무리 힘들어도 회사까진 가야 한다. 혹시 가다가 지쳐 쓰러지진 않을까 싶어 상사의 연락처를 단축키로 지정해두었다. 여차하면 급히 연차라도 내려는 심상이었다. 나는 곧바로 빠져나온 현관을 한번 돌아보고, 심호흡을 크게 쉰 후 페달에 발을 올렸다.

집에서 출발한 시간은 7시 50분이었고 회사에 도착해 자전거에서 내린 시간은 8시 40분이었다. 나는 지도 앱의 예상 시간보다 10분이나 일찍 회사에 도착해 있었다. 가는 길이 수월했냐 하면, 사실 그렇지만은 않았다. 자전거를 20분 이상 타본 적 없는 내 허벅지는 출발 직후부터 조이듯 당기기 시작했다. 집에서 회사로 가는 자전거 길엔 야트막한 언덕이 많았고, 대부분의 자전거들이 나를 앞질러 갔다. 심지어 내 자전거보다 훨씬 안 좋아 보이는 자전거조차도 나를 가볍게 추월했다. 목은 어찌나 그렇게 마른지, 집에서 가득 채워 온 수통을 모두 비웠다. 이따금 입과 코로 작은 날벌레들이 날아들어 본의 아니게 극소량의 단백질을 강제로 섭취해야만 했다.

그런데 이상하게 개운했다. 자전거에 오래 앉아 있던 적이 없어 엉덩이와 허리는 조금 뻐근했지만 오히려 그런 근육통이 상쾌하게 느껴졌다. 자전거에서 내린 후에도 심장이 콩콩 뛰는 게 느껴졌다. 나는 가만히 왼쪽 가슴에 오른쪽 손바닥을 대고, 심장의 두근거림을 느꼈다. 코와 입에서는 자연스럽게 들숨과 날숨이 오갔다. 이렇게 가슴이 쿵쿵 뛰는 걸 최근에 느낀 적이 있던가? 무서운 놀이기구를 타거나 긴장 속에 발표해야 할 때 말고는 처음 겪는 일이었다. 입을 다물고 있으려니 머리 안쪽에서 맥박이 얕게 요동치는 게 느껴졌다. 마치 내가 몰랐던 내 몸의 기관들이 '여기 내가 널 위해 뛰고 있어'라고 고백하는 듯했다.

심박은 조금씩 안정을 찾아갔지만 운동에 대한 생각은 그와 반비례하게 활발해지고 있었다. 처음으로 이렇게 먼 거리까지 자전거를 타고 왔다는 성취감도 있었지만 내 몸이 살아서 움직인다는, 어떻게 보면 지극히 당연한 사실이 내게 예기치 못한 희열을 안겨주었다. 그동안 의구심을 품은 채 실눈을 뜨고 지켜봤던 무수한 '자전거 출퇴근족'의 글과 사진들이 머릿속에 파노라마처럼 흘러갔다. 아, 이런 느낌 때문에 자전거를 타는구나.

그날 성공적으로 첫 자전거 출근을 마치고 집으로 돌아가는 퇴근길에는 아침보다 여유로운 저녁 풍경을 즐겼다. 쓰지 않던 근육을 갑자기 써서인지 가벼운 통증이 자동적으로 따라붙었지만, 자전거로 움직이며 보고 듣는 시청각적 즐거움에 비할 수는 없었다. 출근길은 시간제한이 있지만 퇴근길은 그저 집으로 복귀하기만 하면 되니, 어떤 날은 작정하고 회사를 벗어나 크게 한강을 돌고 돌아가기도 했다. 약속이 없는 주말에는 가보지 않은 자전거길을 부러 찾아다녔다. 멀리 가거나 모르는 길을 가기 위해 필요한 준비물은 자전거밖에 없었다. 자전거와 자전거를 타는 나, 이 두 가지만 준비된다면 아무리 낯선 곳이라도 상관없었다. 길을 잘못 들면 다시 돌아서 나오면 되고, 가다가 힘이 들면 잠깐 내려와 쉬면 된다. 반드시 자전거를 타고 갔다가 자전거로 돌아와야 한다는 법도 없다. 무리하지 않고 갈 만큼만 가면 그만이다.

그렇게 수개월 동안 수도권의 수많은 자전거길을 쏘다니며 자전거와 함께 지냈다. 당시의 활동 반경보다 더 멀리, 더 편하고 빠르게 가고 싶어 이후 자전거를 두어 번에 걸쳐 바꿨지만, 나는 여전히 그 까만 자전거가 나에게 가져다준 작은 희열, 그 최초의 순간을 잊을 수 없다. 싼값에 구매한, 걷

는 것보다 조금 더 빠른 이동 수단에 불과했던 까만 자전거는 어느새 바람과 구름을 타고 노니는 유니콘이 되어 나와 많은 시간을 보내다 사라졌다. 지금은 생김새가 가물가물할 정도로 제법 시간이 지난 일이지만, 처음으로 나와 출퇴근길을 함께한 자전거가 안겨준 두근거림만은 아무리 좋고 비싼 자전거를 탄다 할지라도 대체할 수 없는 기억으로 자리해 있다.

이따금 자전거를 타다가 왼쪽 가슴에 손을 대어 빠르고 고르게 뛰는 심장의 진동을 확인하곤 한다. 숨을 더 들이마시기 위한 가쁜 호흡, 심장과 맥박의 소리를 듣는 일. 내가 이렇게 숨을 내쉴 수 있는 인간이라는 사실, 그리고 그렇게 되도록 설계되어 있는 '살아있는 존재'라는 사실. 당연하지만 지금까지 머리로만 알고 지냈던 이론을, 자전거는 내가 직접 경험하여 몸으로 느끼도록 만들어주었다.

나와 내 자전거도 저렇게 멀리,
오랜 시간 동안 달릴 수 있을까?

멀리 가거나 모르는 길을 가기 위해 필요한
준비물은 자전거밖에 없었다.
자전거와 자전거를 타는 나, 이 두 가지만
준비된다면 아무리 낯선 곳이라도 상관없었다.

이따금 자전거를 타다가 왼쪽 가슴에 손을 대어 빠르고 고르게 뛰는 심장의 진동을 확인하곤 한다. 숨을 더 들이마시기 위한 가쁜 호흡, 심장과 맥박의 소리를 듣는 일.

내가 이렇게 숨을 내쉴 수 있는 인간이라는 사실, 그리고 그렇게 되도록 설계되어 있는 '살아있는 존재'라는 사실. 당연하지만 지금까지 머리로만 알고 지냈던 이론을, 자전거는 내가 직접 경험하여 몸으로 느끼도록 만들어주었다.

고르는 마음

상점가에 길게 나열된 물건들을 들여다보는 일은 즐겁다. 이를테면 '아이쇼핑'이라는 단어처럼, 딱히 구매하지 않아도 이미 그 물건에 대해 어느 정도 알게 된 듯한 기분을 안겨주기 때문이다.

나의 두 번째 자전거는 '아이쇼핑'으로 구매했다. 첫 번째 자전거는 엄마 친구 사촌의 이사로 거의 떠밀리다시피 굴러들어온 흰색 미니벨로였는데, 앞서 밝혔듯 얼마 지나지 않아 몸체만 남기고 도난당했다. 두 번째 자전거 구입을 고민하던 시점은 미니벨로의 도난으로부터 약 반년 정도가 지난 참이었다. 자전거를 즐겨 타진 않지만 그래도 자전거 한 대는 집에 있어야 하지 않을까 하는 마음에 무작정 길을 나섰다가, 얼떨결에 동네 자전거 숍에서 십만 원과 자전거를 맞바꾼 것이다. 상태가 좋아 보이고 반짝거리는 재질이 지금까지 타거나 알고 지내온 자전거와는 사뭇 달랐고, 당시 '신형'이라고 소개하던 사장의 말도 구미를 당기게 했다. 자전거에 십만 원을 투자하는 것도 수입이 별로 없던 그때엔 꽤 고무적인 일이었기에, '까망이'라는 애칭을 붙여주기도 했다. 그냥 색이 까매서 대충 지은 이름이지만.

굴러들어온 첫 번째 자전거이자 몇 주 만에 도난당한 미니

벨로에 대한 서운함이 있던 탓에, 까망이를 통해 비로소 나는 당시 자전거로 할 수 있는 거의 모든 걸 할 수 있었다. 더 도난당하지 않겠다는 일념으로 나름 고가의(그래봤자 일이만 원 정도지만) 자물쇠도 사서 달아주고, 절대 자전거를 그냥 놀리지 않겠다고 다짐하며 아주 잠깐 나갈 때도 꼭 까망이를 데리고 다녔다. 잠시 방치한 적도 있었지만 까망이로 첫 자전거 출퇴근을 성공적으로 마치기도 했고 말이다. 물론 접히거나 가벼운 자전거는 아니었기에 넘어지고 엎어지고 들기 힘들어 쩔쩔매는 등 우여곡절은 있었다.

뭐니 뭐니 해도 까망이의 최대 장점은 장바구니였다. 편의점 앞에 잠깐 세워놓고 맥주를 싣고 오거나, 감자나 당근같이 무게 있는 채소 혹은 대파같이 길쭉한 것들도 척척 들어가 아주 유용했다. 말하자면 까망이는 일반적으로 생각되는 자전거로써의 역할을 다 한 셈이다. 게다가 잔고장도 거의 없었고 서울 공유 자전거인 '따릉이'보다는 가벼웠다. 딱 하나의 단점이자 최대 약점은 '빠르지 않다'는 거였다. 까망이는 자신보다 바퀴가 작은 자전거에도 금세 추월당하곤 했다. 까망이와 비슷한 장바구니를 가지고 있는 자전거들은, 말 그대로 공장에서 찍혀 나온 보급형이다. 나는 체구가 비교적 작아서, 더더욱 빨리 달릴 수 있는 자세를 이리저리 취해봐도 좀처럼 속도가 나지 않았다.

까망이 이후 구매한 자전거는 미니벨로처럼 바퀴가 작은 도시형 자전거가 아닌 로드바이크(도로에서 빠른 속력을 낼 수 있도록 제작된 자전거)였다. 까망이로 할 수 있는 모든 것은 다 해본 것 같았고, 좀 더 빠른 자전거를 타고 싶었던 나는 제법 전문적인 용모를 풍기는 로드바이크에 관심 가지게 되었다.

로드바이크란 건 여러모로 신기했다. 흔히 손잡이라 부르는 핸들 바도 내가 알고 있던 자전거와 꽤 다르게 생겼고, 무엇보다 바퀴의 크기가 굉장히 컸다. 바퀴가 클수록 페달을 많이 밟지 않아도 멀리 갈 수 있다는 사실을 알게 된 것도, 로드바이크를 구경하면서부터였다. 사실 당시에는 열심히 타던 까망이보다 어느 정도 빠르기만 하면 괜찮았기에 기능보단 디자인에 치중해 검색했고, 너무 전문적이거나 비싸지 않은, 예산 안의 자전거면 무엇이든 오케이였다. 까만 자전거를 탔으니 이제 하얀 자전거를 타보고 싶다는 아주 작은 소망만 보태서 말이다.

중고 거래 카페에 올라오는 무수한 자전거 판매 글을 보며, 나는 지금껏 듣지도 보지도 못한 자전거들인데, 타는 사람

이 이렇게 많구나 생각했다. 핸들 바를 분리해서 파는 사람들도 있고 휠이나 프레임이 어쩌고저쩌고 하는, 알 수 없는 이야기도 많았다. 자전거는 완제품으로 사고파는 것으로만 알던 내겐 또 다른 신세계였다. 자전거 구석구석을 세세하게 사진으로 남겨 복잡한 설명을 달아놓은 사람들도 제법 많았다. 그 용어들을 전부 알 수는 없었지만, 나는 틈틈이 중고 거래 카페에 들어가 내게 맞는 자전거를 검색하는 동시에 내 예산과 완전 동떨어진 자전거 판매 글도 보며 자전거의 다양한 종류를 배웠다.

예산에 들어오고 사이즈도 내게 얼추 맞는 로드바이크를 만나기란 하늘에 별따기였다. 하지만 시간을 들인 끝에 타이밍이 정확히 맞는 매물을 찾을 수 있었고 판매자의 집 앞으로 가서 현금으로 거래를 마쳤다. 로드바이크가 익숙하지 않아 자전거를 타고 올 수는 없고 차에 싣고 와야 했다. 당시 사귀던 사람의 손을 빌렸는데, 거래를 마치고 집으로 돌아오는 내내 그가 나에게 핀잔을 주었던 기억이 아직도 생생하다. 반짝이는 흰 빛깔, 곱게 구부러져 있는 핸들 바를 자랑하는 하얀 로드바이크를 보며 그는 내게 '저런 건 선수들이나 타는 거다'라고 말했다. 물론 자전거를 이제 막 획득한 나는 그의 말이 귓등으로도 들리지 않았다. 얼마 후 그는 바퀴와 안장이 분리된 채 도난당한 그의 자전거와 함께 내 인생에서 사라졌다.

중고 거래로 구매한 이 하얀 로드바이크에는 좋아하는 애니메이션 캐릭터의 이름을 붙여주었다. 난생처음 치른 고가의 자전거 값에 심장이 벌렁거렸지만, 확실히 그만한 돈을 투자할 가치는 있었다. 고르고 골라 선택한 인생 첫 로드바이크를 타고, 나는 출퇴근은 물론이고 한강을 끼고 한 번도 가보지 않은 자전거길들을 유려히 달리기 시작했다. 그때즈음 체력이 다른 때보다 좋았는지 어쨌는지는 모르겠다. 확실한 건 바퀴가 클수록 더 멀리, 쉽게 다닐 수 있다는 사실, 그리고 돈을 쓸수록 몸이 편해진다는 사실이었다.

그다음으로 마련한 자전거 역시 로드바이크였다. 다만 성능과 가격이 이전과 비교도 되지 않을 정도로 어마어마한 수준이었기에, 이 자전거를 살지 말지하는 고민을 거의 죽느냐 사느냐 하는 문제처럼 몇 주는 했다. 2016년에 구매해서 지금까지 타고 있으니, 결과적으로 그 세월을 생각하면 자전거 값은 이미 충당되고도 남은 셈이지만.

이 자전거는 새로 생긴 매장을 구경하다가 만났다. 보는 순간 그 즉시 '아아, 이건 운명이다' 하는 탄식이 마음 깊은 곳에서부터 올라왔다. 마음에 들었다. 운명을 막는 건 오로지 가격이었다. 만, 십만, 백만… 자전거 한 대에 수백이나 한다고? 나는 눈을 가늘게 뜨고 자전거 바로 아래 붙여진 가격표를 다시 들여다봤다. 이런 가격의 자전거가 실존하다니, 정말 믿을 수 없었다. 직원이 다가와 자전거에 관해 뭐라 뭐라 설명했는데, 그중 절반만 알아들었으나 그때의 나는 대체로 '오' '아, 역시' '음, 정말 그렇군요' 따위의 감탄사 외엔 할 수 있는 말이 없었다. 햇살을 받으면 은은한 보랏빛이 올라오고, 옆면엔 큼지막한 브랜드명이 새겨진 고가의 자전거. 나는 그 옆을 쉽사리 떠날 수 없었다. 어느 날은 그 근처에 볼일도 없는데 마치 지나가다 우연히 들른 것처럼 위장(!)하고 들어가 마음을 빼앗은 그 녀석을 곁눈질로 바라보고 나오곤 했다.

직전에 샀던 하얀 로드바이크는 컴퓨터 앞에 앉아 눈이 빠지도록 검색하고 골라가며 샀던 반면, 이 로드바이크는 마주하는 순간 온 마음을 빼앗겨 검색이고 뭐고 할 겨를이 없었다. 자전거를 '아이쇼핑'으로 고를 때의 설레는 마음은 다른 식으로 발현되었다. 같은 자전거를 좀 더 싸게 살 수는 없을지 온갖 방법을 찾기 시작한 것이다. 하지만 국내 수입사가 그 매장 한 곳밖에 없었기에 곧 좌절을 맞았다. 머리를 쥐뜯으며 괴로워하던 나는 매장을 네 번째 방문했을 때 해답을 찾았다. 하늘에서 구원처럼 내려온 단어, '무이자 할부 행사'였다. 가족에게 손을 빌려서라도 자전거를 사야 할까 고민하는 동안 새로운 계절이 시작되었고, 여름맞이 12개월 무이자 할부라는 파격적인 행사가 시작되었다. 나는 고민할 겨를 없이 그 자리에서 달뜬 마음으로 계약을 완료했다. 물론 내가 가지고 있는 카드가 무이자 할부 행사에 해당되는 카드인지, 실적은 맞는지를 떨리는 마음으로 체크하면서 말이다.

어떤 물건이든 구매 직전까지의 두근거리는 마음이나 그 물건이 내게 잘 맞아떨어질까 재단하는 기분을 느끼는 건 언제나 행복하다. 몇 년이 넘도록 내 곁을 지키고 있는 나의 '현시점' 마지막 자전거처럼, 운명의 연인이라도 만난 듯 찌르르한 감정이 오는 것도 즐겁다.

하지만 한눈에 운명의 상대를 알아본다는 건 흔치 않은 일이기 때문에, 신중한 검색과 공부가 필요할 때가 대부분이다. 맞춤복까진 아니더라도 내 몸에 잘 맞는지, 나의 평소 취향이나 복장과는 잘 어우러지는지 등의 외향부터 시작

해 내가 고르려는 물건의 후기는 어떤지, 어떤 나라에서 어떤 방식으로 제조되었고 주로 어떤 사람들이 이걸 선택했는지, 또 물건을 만든 곳에서 내놓는 마케팅 포인트는 무엇인지를 따져보아야 한다. 하물며 그것이 나의 몸을 고스란히 실어야 하는 자전거라면 오죽할까.

마음을 단숨에 빼앗은 자전거를 곁에 두고 있긴 하지만, 특별한 목적 없이 비슷한 사양의 다른 자전거를 둘러보거나 훨씬 고가의 자전거들을 기웃거리는 습관은 여전히 있다. 예산에 개의치 않고 갓 태어난 자태를 반짝이는 자전거들을 둘러보는 건 꽤 즐거우니까. 신중하게 자전거를 고르고 또 고를 때의 두근거리는 감정을 잊지 않고 지내고 싶다. 스트레스 해소에도 물론, 이만한 행동이 없기도 하고 말이다.

어떤 물건이든 구매 직전까지의 두근거리는
마음이나 그 물건이 내게 잘 맞아떨어질까
재단하는 기분을 느끼는 건 언제나 행복하다.

몇 년이 넘도록 내 곁을 지키고 있는 나의
'현시점' 마지막 자전거처럼, 운명의 연인이라도
만난 듯 찌르르한 감정이 오는 것도 즐겁다.

싸이클 앤
바이시클

초면인 사람이 취미나 하는 운동이 뭐냐고 물어보면, 나는 대체로 '자전거'라고 말한다. 하지만 이야기가 거기서 그치지 않고, 질문자가 "자전거 어떤 걸 타세요?"라거나 "자전거 자주 타세요?"라는 말을 꺼낸다면 나는 앞서 한 말을 고쳐 이렇게 답한다. "아, 사실 저 자전거가 아니라 싸이클 타요. 빨리 다니는 자전거요."

자전거의 영문명은 'bicycle'로 '싸이클'은 이 단어를 발음이 편하도록 줄여 말하는 것에 지나지 않는다. 그러니까 자전거나, 싸이클이나 모두 bicycle로 그게 그거라는 말이다. 다만 걷는 것보다 조금 빠른 속도로 달리는 자전거와, 일정 속도 이상의 고속 주행을 주로 하는 자전거를 구분없이 한 단어로 묶기에는 좀 애매하다. 그래서인지 동호인들은 단어의 발음 자체도 좀 더 빠른 느낌인 '싸이클' 혹은 '로드바이크'의 줄임말인 '로드'를 '속도가 빠른 자전거'의 통칭으로 사용하고 있다. 정확히는 로드바이크라고 명명하는 게 맞지만, 단순 앞글자만을 떼내어 '로드'라고 말하면 모르는 사람들이 많아 나는 주로 '싸이클'이라는 표현을 택한다. 그렇게 말하면 상대는 대체로 어떤 뜻인지 이해하곤 한다.

자전거를 가볍게 탈 때는 나도 로드바이크, 그러니까 싸이클에 전혀 관심이 없었다. 자전거는 이동 수단에 불과했고 그 이상의 뭔가를 해보려고 했던 적은 없으니까. 싸이클에 관심을 가진 계기는 아주 사소했다. 매일 출퇴근을 하며 넘나드는 야트막한 언덕을 좀 더 빠르게 넘고 싶었고, 종종 힘에 부쳐 자전거에서 내리는 행위를 하고 싶지 않았기 때문이다. 체력을 그만큼 기르자니 한계가 느껴져 선택한 방법은 장비 업그레이드, '빠른 자전거'로 바꾸는 일이었다.

자전거를 바꾸고 나니 매일 힘겹게 오르던 언덕을 넘는 게 그렇게 가뿐할 수 없었다. 출퇴근 시간이 단축된 건 덤이었고, 소요 시간이 줄어든 만큼 여유도 생겼다. 그러고 나니 출퇴근 시간을 제외한 다른 여가 시간에도 자전거를 타러 나가고 싶다는 생각이 들었다. 지금 이 정도 거리를 탈 수 있으니, 좀 더 가보면 어떨까? 내가 주행할 수 있는 거리를 가늠해서 조금씩 늘려가는 재미가 붙기 시작했다.

본격적으로 로드바이크를 타겠다고 결정한 이유는 무엇보다 일반 자전거로는 힘겹게 오르는 길, 혹은 아예 불가능해 보이는 길조차 갈 수 있다는 점이었다. 걸어가기도 힘든 길이어도 로드바이크라면 자전거를 타고 올라갈 수 있다는 이야기를 듣고 호기심이 동했다. 자전거를 탄 내가 좀 더 높게, 좀 더 멀리 가려면 자전거의 어느 부분을 보강하고 어떤 구성을 포기해야 하는지 고민해야 했다.

싸이클에 입문한 후에는, 자전거에 으레 붙어 있는 '자전거 바구니'의 존재를 아예 잊어야 했다. 과자 한두 봉지도 실을 곳이 마땅치 않은 콤팩트하고 날렵한 로드바이크는 내가 알던 자전거의 모습과는 사뭇 달랐기에 조금 당황했다. 하지만 금세 적응할 수 있었다. 짐을 실을 수 있는 공간은 아예 사라지는 게 아니라 다른 모양으로 대체되었다. 싸이클을 탈 때 입는 전용 옷에는 뒷주머니가 세 개 정도 달려있어 휴대폰이나 지갑, 에너지바 등을 간단히 수납하기 용이했다.

가능한 오래, 지치지 않고 타려면 좋은 옷과 좋은 부차적인 장비들은 선택이 아닌 필수 요소였다. 주행에 방해가 되는 무게는 줄이고 저항을 최대한 덜 받도록 나와 자전거를 구성하는 건 몹시 흥미로웠다. 로드바이크를 타고 1년 차가 되기도 전에 꽤 많은 지출을 했지만, 그만큼 몸과 마음은 즐거웠다.

누군가 자전거에 그만큼의 정성을 쏟으며 타야 하냐고 물으면 나는 가만히 내 자전거와 함께 지내온 순간들을 생각한다. 특히 로드바이크와 일반 자전거의 차이를 떠올려본다. 반드시 빠른 자전거를 타야 하냐고, 조금 더 느슨하게 탈 수도 있지 않냐는 질문을 받을 때면 나도 고개를 끄덕인다. 물론, 그럴 때도 있다. 나라고 자전기를 매번 침 흘리며 힘들게 타는 건 아니니까.

하지만 내게 맞는 자전거를 신중하게 고르고 그 가격을 지불하는 일, 자전거를 쾌적하게 타기 위한 복장에 투자하고 가급적 불편하고 힘들지 않도록 장비를 조정하는 행위의 공통분모에는 '내'가 들어있다. 내가 조금 더 편하기 위해, 내가 지치지 않기 위해, 내가 좀 더 나은 경험을 하기 위해, 그 모든 일은 결국 나 자신을 위한 행동과 다름없다.

되돌아보면 지금보다 훨씬 어릴 때는 '가성비'를 많이 따졌다. 정확히 말하면 이십 대 때라고 해야 할까. 학생 신분으로 이십 대 전후반을 보내고 일을 시작했지만 수입이 많지 않던 시절이었다. 물건 하나를 살 때 제품의 품질보다는 얼마나 싼 가격에 그 물건을 살 수 있느냐가 중요했고 그런 버릇은 꽤 오랜 시간 이어졌다. 그러다 보니 가성비를 따지는 일에 익숙해졌고, 더 좋은 품질에 오래 쓸 수 있는 물건이 있음에도 불구하고 초기 투자 비용의 장벽이 너무 높아 늘

차선책을 선택했다.

자잘한 기타 생활용품은 그게 가능하다 쳐도, 내 생활이나 건강과 관련된 물건들은 이후 몇 년을 따져가며 골라야 한다는 걸 그땐 몰랐다. 매 순간 '비싼 선택'을 하며 살아갈 수는 없겠지만, 필요한 곳에는 과감하게 투자해야 한다는 진리를 나이 서른이 넘어서야 깨달았다. 터무니없이 비싼 가격에 그저 그런 품질을 가진 물건들은 대체로 알아보기 쉽다. 이 정도 가격을 투자해서 내가 얻게 될 이익을 헤아리는 게 관건이다.

앞서 말한 '이익'이란, 금전이 아닌 나의 건강이나 기분, 감정 등을 뜻한다. 운동복이나 운동용품 같은 경우가 내겐 그랬다. 가성비가 좋다고 소문난 제품을 리뷰에 홀려 몇 번 산 적이 있다. 깊은 고민 없이 가격만 보고 샀는데, 결국 몇 번 입고 신지 못하고 버렸다. 결과적으로 그것보다 가격대가 높은 제품을 한 번 사느니 못한 일이 되었다. 운동을 좋아하고 운동에 관심 가지는 사람들이라면 누구나 겪어봤을 일이다. 몇 번의 실패 뒤로 나는 내 몸에 밀착되고, 내 건강과 자세와 직결되는 제품을 고를 때는 '지금 당장'이 아닌, 조금 먼 미래까지 생각하게 되었다.

비싼 값을 치른 로드바이크는 그만큼 나에게 집중할 수 있는 시간을 만들어줬다. 가볍지만 단단해서 내 무게를 온전히 버티는 건 물론이고, 언제든지 내가 원하는 쪽으로 큰 힘을 들이지 않고 방향을 돌릴 수 있다. 안장과 페달, 핸들 또한 나의 몸에 맞춰 미세하게 조정이 가능하므로 몸이 비정상적으로 아프거나 힘들 일이 전혀 없다.

로드바이크에 단번에 적응되진 않았지만, 적응 기간은 새 운동화를 길들일 때보다 짧았다. 로드바이크를 탈 때는 사람들이 흔히 '자전거 신발'이라고 부르는 '클리트 슈즈'를 착용한다. 신발 바닥에 장착된 부착물인 클리트는 자전거 페달과 꼭 맞는 모양으로, 자전거를 멈출 때가 아니면 발이 페달에서 떨어지지 않도록 꽉 잡아주는 역할을 한다. 이 클리트 슈즈를 처음 신었을 때는 한두 번 가볍게 넘어지곤 했지만, 자전거를 처음 배울 때와 비슷한 감각으로 금세 익숙해졌다.

뿐만 아니라 아무거나 주워 입고 나와 자전거를 탈 때와 다르게, 머리부터 발끝까지 바람의 저항을 피할 수 있는 옷가지를 갖춰 입기 시작했다. 가볍고 좋았다. 몸에 딱 붙는 옷을 입고 빠른 속도로 한강 변을 가로지르는 싸이클들에 대한 편견, 그러니까 '꼭 저렇게까지 요란스레 자전거를 타야 할까'라고 생각했던 편견이 해제되면서, 나도 자연스레 그 세계 안으로 들어가게 되었다.

로드바이크, 그러니까 싸이클을 탄다는 건 진입 장벽이 낮은 취미는 아니다. 삼사십만 원 대의 중고 로드바이크를 구매한다고 해도, 자전거를 타다 보면 부대 비용이 더 발생하기에 아예 시작부터 자신에게 완전히 딱 맞는 조금 더 값나가는 자전거로 출발하는 게 나을 때가 많다. 모든 취미의 시작은 장비를 사는 것부터라고 하지 않는가. 싸이클을 탄다는 건 다른 취미에 비해 챙길 물품과 장비가 많지만, 그것들을 하나씩 점검하다 보면 잊고 지냈던 나의 취향과 선호도를 발견할 수도 있다.

나는 가성비를 따져가며 취미를 고르는 걸 선호하지 않는 편이다. 내가 좋자고 하는 일에 가성비를 너무 심각하게 고민하는 건, 결국 이도 저도 아닌 애매모호함을 남기게 되는 게 아닐까. 자전거를 타면서 느끼는 나의 즐거움은 가성비라는 단어로 판단될 수 없다. 돈으로 확실하게 내 것으로 만들 수 있는 행복과 행운은 존재한다. 특히나 내 몸과 하나가 되어서 나를 지탱해주어야 하는 싸이클에 있어서는, 마음에 드는 자전거만 나타난다면 단호하게 '지르라'고 이야기 하고 싶다. 적어도 그 친구와 오래가고 싶은 의지만 있다면 말이다.

자전거를 쾌적하게 타기 위한 복장에 투자하고 가급적 불편하고 힘들지 않도록 장비를 조정하는 행위의 공통분모에는 '내'가 들어있다. 내가 조금 더 편하기 위해, 내가 지치지 않기 위해, 내가 좀 더 나은 경험을 하기 위해, 그 모든 일은 결국 나 자신을 위한 행동과 다름없다.

내가 좋자고 하는 일에 가성비를 너무 심각하게 고민하는 건, 결국 이도 저도 아닌 애매모호함을 남기는 게 아닐까. 자전거를 타면서 느끼는 나의 즐거움은, 가성비라는 단어로 판단될 수 없다.

구름의 모양

매일 아침 미세먼지를 걱정하기 시작한 건 언제부터였을까? 몇 년 전만 해도 파랗고 푸른 하늘이 일상이었다. 외출하기 전에 굳이 하늘을 올려다보며 마스크를 챙길 일도 없었고, 미세먼지 농도와 위험도를 알려주는 앱 또한 없었다. 흐리다, 맑다 라는 단순한 단어들로 하늘을 묘사하던 때가 있었다. 그런 때가 있었나 싶을 정도로 지금은 무척 아득히 느껴지지만.

미세먼지 농도가 제로에 가까운, 앱에서 연신 '최고예요!'를 연발하는 날에는 그저 창을 열었을 뿐인데 그림 같은 풍경이 펼쳐진다. 미세먼지가 일상이 되기 전에는 지극히 당연한 풍경이었다. 그저 당연히 옆에 있는 듯 무심하게 느껴졌으니까. 하지만 이젠 다르다. 사람들은 너도나도 깨끗한 하늘을 사진으로 남긴다. 손에 꼽도록 맑은 날은 필시 해질녘 풍경 또한 너무 아름답기에, 사람들은 옥상에 올라가 해가 지기를 기다리거나 강 근처로 나가 반사되는 노을을 보기 위해 일찌감치 분주히 움직인다. 저녁 즈음엔 영화에서나 볼 법한 아름다운 하늘 사진들이 여기저기 도배된다. 나도 그런 날이면 친구들에게 내가 서 있는 곳의 하늘 사진을 찍어 올리며 꼭 묻곤 한다. "지금 하늘 봤어?"

자전거를 타고부터 유달리 하늘에 예민해졌다. 정확히는 하늘로 가늠할 수 있는 바람의 세기나 구름의 모양, 다양한 것들이 복합된 '날씨'라고 해야겠다. 생각해보면 당연하다. 비가 오는 날은 자전거를 타지 못하니까. 그리고 맞바람이 심하게 부는 날은 예정보다 더 늦게 목적지에 도착하니까. 그런 날 날씨를 체크하지 않고 룰루랄라 자전거로 출근하게 된다면 회사로 가는 길이 아주 곤욕스럽다. 계절이 변하는 환절기라면 더 심혈을 기울인다. 너무 껴입고 나갔다가 비 오듯 땀에 절어 녹다운이 되어 돌아올 수도, 너무 얇게 입고 나갔다가 중도 하차하고 지하철로 복귀해야만 하는 수모를 겪을 수도 있어서다.

바람의 방향이나 세기 같은 건 눈대중이나 손의 감각만으론 정확히 알 수 없다. 그래서 처음에는 날씨 앱을 많이 이용했다. 북서풍이니 남서풍이니 하는 일기예보를 틀어야 접할 수 있는 단어들을 가까이 여기며 지냈다. 날씨를 알려주는 앱들은 바람뿐만 아니라 강수량과 습도, 미세먼지 농도까지 세세한 정보들을 제공했다. 특히 자전거로 긴 여행을 떠날 때 유용했다. 약간의 오차는 있지만 적어도 비가 오는지 오지 않는지, 비가 온다면 언제 그치는지 등 중요한 정보를 기본적으로 습득할 수 있기에 며칠 후의 날씨 변화에 대비하기 좋았다. 그러다보니 점차 날씨 앱의 단순하고 명확하며 검증된 수치들이 가져다주는 안정감과 안도감에 몰입되었다. 자기 전, 기상 직후, 점심 식사 후 등 시시때때로 온갖 날씨 앱을 열어 당일, 내일, 일주일 뒤의 날씨 정보를 읽곤 했다. 심지어 국내뿐만 아니라 해외 날씨 앱들도 고루 받아 놓기도 했고, 결제하면 좀 더 정확한 일기예보를 알려주는 유료 서비스에 가입하기도 했다.

하지만 본격적으로 자전거를 탄 지 한두 해가 넘어가고 경험치가 점점 오르자 자연스레 강박적으로 긁어모은 앱들과 멀어졌다. 그렇다고 날씨 변화를 예민하게 받아들이지 않게 된 건 아니다. 수치나 각종 데이터보다 '느낌'을 믿게 되었다고 해야 할까. 이렇게 말하니 무슨 주술 의식이라도 행하는 사람 같지만, 남들보다 더 민감하게 날씨를 느낀다거나 그런 기술을 습득한 건 아니다. 예전에는 앱에 의존하는 날들의 연속이었다면 이제는 그저 하늘, 그 자체를 더 길게 조망하게 되었다.

바람이 조금이라도 부는 날 하늘의 구름을 들여다보면 그 모양이 조금씩 변하고 있다는 걸 실감할 수 있다. 구름의 모양은 날씨와 지역에 따라 다르지만, 소나기가 몰아치는 날에는 좀 더 스펙터클한 생김새가 된다. 요즘같이 국지성 호우가 잦게 발생하는 때에는, 어떤 구름 밑은 비가 내리지 않고, 어떤 구름 밑은 폭우가 쏟아지는 걸 경험할 수 있다. 갑작스레 비를 만났을 때, 비를 더 옅게 품고 있는 구름을 좇다 보면 어느새 내가 주시해오던 구름과 함께 집에 당도하는 일도 있다. 그럴 때는 뭔가 요상한 느낌이 든다. 늘 있는 하늘의 구름, 자주 내리는 비, 평범한 일상인데 자전거를 탄다고 해서 이 평범한 것들이 한순간에 특별하게 느껴질 수 있다니 신기하기 그지없다.

구름의 모양을 보며 어디는 맑겠고 어디는 흐리겠군, 하는 생각을 떠올리다 보면 마치 내가 점성술사나 주술사라도 된 듯한 기분에 빠진다. 구름, 해, 바람, 비 같은 자연의 존재들은 분명 늘 가까이, 우리 코앞에 존재한다. 우리가 늘 무심히 스쳐 지나가 몰랐을 뿐이다. 미세먼지 없이 파랗고 맑은 하늘이 너무 당연해 사진 찍을 생각 들지 않던 몇 년 전처럼 말이다.

자전거는 타는 동안 강제로 하늘을 봐야만 한다. 당연하다. 땅을 보면 넘어지니까, 앞을 봐야만 나아갈 수 있는 존재니까. 걷고 뛰는 동안은 발밑이나 양옆, 다른 사물들을 주시하며 움직일 수도 있지만, 자전거는 그럴 수 없다. 정해진 시선은 언제나 앞이고, 교차로나 사거리를 지날 때야 이따금 양옆을 확인할 뿐이다. 나는 자전거가 가진 그런 강제성이 좋다. 출퇴근이나 등하굣길이 아니면 좀처럼 하늘을 보기 바쁜 날들, 하늘이 예쁜 모습을 자랑해야만 고개를 들게 되는 때에 강제적으로라도 앞을, 멀리 저 너머를, 하늘을 보게 만드니까.

요즘은 습관처럼 하늘을 바라본다. 자전거를 타지 않는 날에도, 미세먼지가 잔뜩 낀 날에도, 하늘을 보기 위해 의식적으로 노력한다. 물론 회색 먼지가 잔뜩 끼어 있는 하늘을 오래 주시하는 건 썩 유쾌한 일은 아니다. 이 먼지가 언제쯤 걷힐지를 생각하면서, 자전거를 탈 때처럼 똑바로 앞을 보고 어깨를 펴고 걸으려 노력한다. 하늘을 보는 일, 구름의 모양을 살피는 일은 오로지 자전거를 통해서 얻은 좋은 습관이자 교훈이다. 그러다 눈에 띌 정도로 쾌적하고 쾌청한 날이 오면, 걸음을 멈춰 오래도록 하늘을 본다. 아주 맑은 날 SNS에 올라오는 무수한 하늘 사진들을 무심히 지나친 적이 많았다. 예쁜 하늘은 언젠가 또 올 테고, 그렇게 맑은 날은 오늘이 아니면 내일, 내일이 아니면 금세 우리를 또 찾아오겠지 하는 마음이었다. 하지만 미세먼지가 그득한 몇

주를 겪고 보니, '언제 다시 오겠지'라며 그 순간을 그냥 지나가는 건, 잘못된 생각이었음을 알게 되었다. '언제나'라는 건 없다. 정말 좋은 건 지금이 아니면 영영 오지 않을 수도 있다.

우리가 앞으로 마주할 맑은 하늘은 몇 번이나 남았을까. 내가 좋아하는 한여름이라는 계절을, 앞으로 합쳐 백 번도 채 맞지 못할 거라는 생각을 하면, 정신이 퍼뜩 든다. 다시 말하지만 '언제나'라는 건 없다. 좋은 '지금'의 순간만이 있을 뿐. 그 순간을 앞으로도 절대 놓치지 않을 거다.

자전거는 타는 동안 강제로 하늘을 봐야만 한다.
당연하다. 땅을 보면 넘어지니까, 앞을 봐야만
나아갈 수 있는 존재니까.

자전거가 가진 그런 강제성이 좋다.
좀처럼 하늘을 보기 바쁜 날들, 하늘이 예쁜
모습을 자랑해야만 고개를 들게 되는 때에
강제적으로라도 앞을, 멀리 저 너머를,
하늘을 보게 만드니까.

“안라하세요.”

서핑하는 사람들끼리 나누는 손인사를 '샤카'라고 한다. 엄지와 새끼손가락만 펴고 나머지 손가락을 접는데, 서퍼 사이의 우정, 감사, 격려 등을 이 샤카 하나로 전부 표현한다고 한다. 자전거를 타는 사람들 사이에서도 자주 쓰는 말이 있다. 바로 "안라하세요"라는 말이다.

샤카의 손동작처럼 세련되지도 않았고 '안전'과 '라이딩'이라는 한국어와 영어를 합친 말이지만, 자전거를 타는 사람들에게 이만큼 중요한 단어는 없을 것이다. 라이딩의 시작부터 끝까지 사고 없이 안전하게, 재밌게 즐기다 오라는 뜻을 내포하기 때문이다.

자전거는 언제나 안전을 특히 생각하며 움직여야 하는 운동이다. 요즘은 자전거 전용도로가 잘 되어 있어 마음만 먹으면 전용도로만 타고 움직일 수도 있긴 하다. 하지만 파란 선의 자전거 전용도로가 집 앞까지 레드카펫처럼 깔려 있는 경우는 거의 없을 테다. 집으로 돌아오거나 천이나 강으로 나가려면 필수적으로 인도 또는 차도를 겸해서 이동해야 한다. 자전거를 타는 사람들이 겪는 사고의 8할은 보행자 혹은 자동차와 함께 달릴 때 일어난다. 로드바이크가 낼 수 있는 속도는 아주 빨리 달린다고 가정하면 차량이 저속으로

운전할 때와 맞먹기 때문에, 주변을 살피며 주행하는 것이 필수다. 그러다 보니 자연스럽게 '자전거'와 '안전'이라는 단어가 붙게 된 것이다.

자전거를 타는 사람이 스스로의 안전을 지키기 위해 몸에 할 수 있는 건 대단히 거창하게 느껴질 정도의 어려운 일은 아니다. 우선은 자전거 헬멧 쓰기, 장시간 라이딩에 손이 미끄러지거나 다칠 걸 대비해 장갑을 착용하는 것 정도다. 물은 언제나 필수지만 배가 고플 것을 걱정해 간식을 챙기는 일 같은 건 안전과는 조금 거리가 멀다. 내 몸에 챙기는, '입을 수 있는 안전'의 첫 단계란 이 정도면 충분하다. 하나 더 추가하자면 눈이 시리거나 벌레를 피하기 위해 고글을 쓰는 정도일까. 버프(자전거용 마스크)를 쓰거나 오늘 산 양말을 멋지게 개시하는 일은 안전이 아닌 나의 기분과 상관하는 일이므로 생략하거나 더하거나 아무래도 좋다.

몸에 입고 장착할 수 있는 모든 안전 준비를 끝내면 이제 시선을 자전거로 돌려야 한다. 아무리 좋은 헬멧을 쓰고 좋은 옷을 입고 반짝이는 신발을 신었다 한들, 자전거가 폐차하기 직전 상태라면 안전 라이딩은 커녕 페달을 밟기도 전에 고꾸라질 테니까.

자전거의 상태는 평소 본인의 주행 스타일에 따라 달라진다. 전날 미끄러졌거나 작은 접촉 사고가 났다면 다음날엔 주행 대신 자전거 매장에 가서 꼼꼼히 살펴보는 게 우선이 되어야 한다. 자전거의 본체인 프레임에 금이 보이거나 반으로 동강이 났는데 자전거를 타겠다고 나서는 사람은 설마, 없을 거다.

본체에 이상이 없다면 그 다음은 바퀴를 점검해야 한다. 자전거 바퀴는 바람을 빵빵하게 넣었더라도 시간이 지나면 공기가 자연스레 빠지기 때문에, 보통 주행 전날 점검하는 게 좋다. 바람은 손으로 타이어를 꾹 눌렀을 때 손가락을 밀어낼 정도가 적당하다. 공기 주입 펌프가 집에 있다면 수치를 90~100 정도로 계산하고 넣는 게 가장 좋지만, 없다면 손대중으로 잡아도 무방하다. 바람을 넣고 나서 한숨 자고 일어난 후, 바람이 빠지지 않았는지 다시 체크하는 것까지가 점검의 마지막이다. 만일 전날 저녁 공기를 단단하게 집어넣고 잠이 들었는데 일어나보니 바람이 다 빠져 있다면, 영락없이 타이어에 문제가 생긴 것이니 이에 대한 수리가 필요하다.

다음으로 봐야 할 건 타이어의 표면이다. 자전거 타이어는 자전거 운전자의 생명과도 같다. 자동차 타이어가 마모되거나 이상이 있을 시 자동차에 가해지는 충격, 사건 사고 영상들을 떠올려 보자. 그 중요성을 머릿속에 쉽게 그릴 수 있을 것이다. 타이어 또한 개개인의 주행 스타일에 따라 상태가 천차만별이다. 아스팔트가 아닌 비포장도로를 주로 탄다면 타이어가 좀 더 빨리 마모되거나 미세한 상처가 나 있을 수 있다. 당장 펑크가 나지 않더라도, 타이어에 난 상처로 인해 이물질이 튜브 안으로 흘러들어와 펑크를 야기할 수 있기 때문에, 타이어는 늘 꼼꼼히 체크하는 게 좋다. 그렇다고 속을 뜯어 안팎을 전부 뒤지라는 말은 아니다. 뭐가 박히진 않았는지, 이상이 있지는 않은지 정도만 확인하면 된다.

마지막으로 점검할 건 체인이다. 길가에 오래 방치된 자전거를 보면 갈색 녹이 진득하니 올라와 있는 부위들이 눈에 쉽게 들어온다. 자전거 관리를 하지 않았을 때 가장 먼저 티가 나는 부분이 바로 그곳, 체인이 위치한 자리다. 다른 부품도 마찬가지지만 체인은 완전히 소모품이다. 자전거를 오래 타는 사람이라면 주기적으로 갈아줘야 한다. 체인이 고장나면 자전거가 굴러가지 않는다. 체인에 적당한 기름칠을 해줘야 자전거가 경쾌하게 움직일 수 있기 때문에 나는 자전거 구성품 중 체인 관리를 가장 꼼꼼하게 한다. 체인 청소가 어렵다면 주기적으로 기름을 발라주는 것만으로도 충분하다.

이렇게 운전자 자신과 자전거에 대한 셀프 점검이 끝나면 이후 안전은 사실 반절 정도는 운에 맡겨야 한다. 어느 누가 사고를 예측한 뒤 그걸 피해 라이딩을 할 수 있겠는가. 다만 불특정 사고를 만날 수 있다 한들 잊지 말아야 할 사실이 있다. 집에서 나와 집으로 돌아갈 때까지 아무 이상이 없이 라이딩을 마치려면, 나머지 반절은 운전자 스스로의 주의에 달려 있다는 것이다. 보행자와 겹치는 동선이라면 내려서 자전거를 잡고 건너기, 건널목에서는 자전거가 아닌 보행자에 주의를 기울이기, 차도를 달려야 한다면 버스 전용차선을 제외한 마지막 차선의 끝 쪽 삼분의 일 지점에서 주행하기 등 집중하고 머리를 굴려야 할 때가 제법 많다.

자전거를 구매할 때 '이러이러한 건 주의하세요'라고 콕 집어 말해주는 책자가 함께 동봉된다면 얼마나 좋을까. 하지만 안타깝게도 구매자들이 자전거를 산 직후부터, 도로 위의 규정과 규칙은 스스로 배워야만 하는 것이 현실이다. 최근에는 자전거 통행량이 많은 수도권 지역에서 구청 단위로 무료 교육을 실시하기도 하고 관련 자료를 나눠주기도 하지만 교육 시간이 한정되어 있기에 접근성이 높은 편은 아니다. 제일 좋은 교과서는 유튜브에 있다. 도로교통공단이나 행정안전부 등이 운영하는 채널에도 '자전거 안전교육' 혹은 '자전거 안전하게 타는 법' 등의 영상이 있으니 라이딩에 앞서 어느 정도 숙지해두면 좋다.

특히 한국의 경우, 자전거와 자동차가 도로를 함께 쓰는 일에 대한 인식이 아주 오래전에 비해 좋아지긴 했으나, 어떤 면에서는 좀처럼 나아지거나 해소되지 않는 부분이기도 하다. 그렇기에 자동차와 함께 쓰는 도로를 탈 때엔 좀 더 많은 주의와 훈련이 필요하다. 막무가내로 주행하는 차와 부딪혔을 때 더 크게 다치는 건 아무래도 내 쪽이기에 복수를 감행하거나 자전거로 할 수 있는 보복 주행을 생각하는 건 어리석다. 혹시나 이런 생각을 하는 라이더가 주변에 있다면 높은 확률로 자전거뿐 아니라 자동차의 운전 습관 또한 같을 것이기에, 그들로부터 되도록 멀리 떨어지는 것이 좋다. 기분에 따라 다른 주행을 일삼는 사람들은 당장은 아니더라도 언젠가 비슷한 사고를 내기 마련이다. 자전거를 막 타기 시작했을 때나 지금이나, 자전거 면허제를 도입해야 한다는 생각에는 변함이 없다. 운전면허 교육에서 자전거와 자동차가 도로를 공유하는 일에 대해 강화하는 게 먼저겠지만 말이다.

자전거 전용도로 위에서도 물론 안전사고는 일어난다. 전용도로를 달릴 때 가장 많이 일어나는 사고는 보통 보행자와의 충돌, 그리고 어두울 때 전조등이나 후미등 없이 달리는 다른 자전거와의 충돌이다. 해가 진 뒤 가로등이 없는 도로에서 주행할 때는 단순 빠르게 질주하기보다 세심하고 천천히, 양옆을 살펴 주행하는 마음가짐이 필요하다.

이제 로드바이크를 탄 지 벌써 10년 가까이 되어 가지만 여전히 이런 안전 사항들을 간과하거나 대충 넘기고 마는 사람들을 어렵지 않게 발견하곤 한다. 음주와 라이딩을 동시에 즐기는 사람들은 제법 줄었지만 무리한 고속 주행, 이른바 '떼빙(떼를 지어 하는 드라이빙)' 등 다른 문제가 생기기 시작했다. 안전사고를 자의로 완전히 막을 수는 없다 해도 최소한의 부상은 줄이기 위해, 앞서 이야기한 사항들을 습관적으로 지켜보는 건 어떨까. 하루치의 '안라'와 일주일 치의 '안라'가 쌓여서, 365일 '안라'할 수 있는 모범 라이더가 될 수 있을 것이다.

‘안전’, ‘라이딩’ 자전거를 타는 사람들에게
이만큼 중요한 단어는 없을 것이다.

하루치의 ‘안라’와 일주일 치의 ‘안라’가 쌓여서,
365일 ‘안라’할 수 있는 모범 라이더가 될 수
있다.

자전거 하나만 있으면
갈 수 없는 곳은 없으니까

2

달리다

맥주 한 캔의
너비

자전거를 타는 사람들이 대체로 찾는 서울의 오르막길 코스는 크게 두 곳이다. 남산, 그리고 북악 스카이웨이. 두 개의 코스를 '남북'이라고 줄여 부르기도 한다. 이중 한강에서 바로 진입할 수 있는 남산 코스는 서울의 라이더라면 누구나 한두 번은 찾는 명소 중 하나다.

서울에서 태어나 남산 타워를 일주일에 서너 번 보고 자라왔지만, 남산을 자전거로 올라보겠다는 생각은 로드바이크를 사기 전까지 단 한 번도 한 적이 없었다. 어쩌다 남산 타워 근방을 지날 때 자전거를 타고 꼬불꼬불한 구간을 오르는 사람들을 볼 때마다 속으로 생각했다. '아니, 걸어 올라가기도 힘든 구간인데 저길 자전거를 타고 올라가? 도대체 왜? 미친 사람들 아닌가?' 그리고 얼마 지나지 않아, 나는 과거의 내가 말한 그 '미친 사람'이 되어 남산을 밥 먹듯 오르내리게 되었다.

전동자전거가 아닌 이상, 자전거는 자력, 그러니까 자신의 체력에 비례해 움직일 수밖에 없다. 운동 애호가들 대부분이 자신의 체력을 자동차의 엔진으로 비유하곤 한다. 엔진이 어떻게 바뀌느냐, 출력량을 어떻게 높이느냐에 따라 자동차의 에너지 소비 효율이 바뀌니까 말이다. 인간도 어떤

훈련을 하는지에 따라 엔진, 그러니까 나의 체력이 좌지우지된다.

자전거를 탈 때도 기본이 되어야 하는 게 바로 이 엔진이다. 다리에 힘이 없으면 페달을 아무리 밟아도 멀리 나가지 못한다. 반대로 전체적인 근력과 체력이 받쳐준다면 장거리를 타도 쉽게 지치지 않는다. 그날의 컨디션 또한 주행에 꽤 많은 영향을 준다. 전반적으로 기분이 좋은 날은 남산을 몇 회전이고 왕복해도 괜찮은 반면 몸이 무겁고 힘든 날은 남산의 반에 반도 못 가서 헉헉 가쁜 숨을 몰아쉬며 괴로워하곤 한다.

처음부터 오르막길 코스를 좋아한 건 아니었다. 높아 보이는 산을 굳이굳이 올라가야 하나 싶기도 했고, 끝까지 자전거에서 내려오지 않고 무사히 올라갈 수 있을지, 내 체력이 그 정도 될지 긴가민가했으니까. 그러다 문득 궁금해졌다. 남산 높이 정도의 오르막길을 올라갈 수 있는 능력이 내게 있을까? 내 '엔진'은 어느 정도의 성능일까?

어릴 때 학교에서는 체력장을 열어 체력을 테스트하곤 했다. 나는 체력장을 죽기보다 싫어했고 그래서 대체로 좀 설

렁설렁 임한 면도 없잖아 있지만, 여하튼 그건 힘들었다. 성인이 되고 나서 체력장 같은 귀찮은 일은 더 이상 하지 않아도 되니 마음이 편했지만, 동시에 내 체력과 근력, 심폐력 등을 총체적으로(그리고 무료로!) 점검해볼 수 있는 기회는 사라졌다.

그래, 까짓거 최악이라 해봤자 안장에서 내려와 자전거를 끌고 올라가는 일밖에 더 있겠어. 가보자. 내 로드바이크는 가볍고 탄성이 있어서 내 주행을 충분히 받쳐줄 능력이 있다. 나만 잘하면 된다. 한없이 높아 보이는 남산을 향해 천천히 페달을 밟기 시작했다.

남산의 오르막길 구간은 약 2km 남짓이다. 그 짧다면 짧을 구간을 처음 오르며 마음속으로 혼잣말을 수없이 되뇌었다. 이렇게 힘들 줄 알았다면 운동을 좀 더 열심히 하는 건데, 이렇게 힘들 줄 알았으면 안 오는 거였는데, 이렇게 힘들 줄 알았으면…. 부어라 마셔라 술독을 끼고 살았던 지난 시절이 주마등처럼 흘렀다. 커브에 커브를 돌며 정상에 있는 편의점이 어서 눈앞에 나타나기만을 간절히 바랐다. 다리와 허리가 아파왔다. 당장이라도 내려서 걷고 싶었지만 그래도 꾹 참고 느리지만 마지막까지 최선을 다했다.

그렇게 힘들게 남산을 한번 다녀오고 나니, 많은 것이 변했다. 일단 여기까지 자력으로 올라온 스스로가 대견해졌다. 누구의 도움도 없이, 자전거로 와본 곳 중 가장 높은 곳에 발을 디뎠다는 사실에 고취되었다. 땀으로 범벅된 몸을 조금 식힌 뒤 정상을 찍고 조심스레 내려가는 내리막길도 꿀맛이었다. 이런 보상이 있어 다들 자전거로 산을 오르는구나, 하는 생각이 들었다.

제일 큰 변화는 몸에서 일어났다. 이후로 비슷한 언덕들을 몇 번 올랐을 뿐인데, 예전처럼 숨이 차지도 다리가 한없이 무겁지도 않게 되었다. 첫 체력 테스트, 최초의 엔진 테스트 이후 자전거 페달을 밟는 회전수를 적정 수준으로 유지하는 일, 고개의 업다운, 하체를 움직이는 다양한 방법에 몸이 슬슬 적응하기 시작한 것이다. 이전과 똑같은 코스를 타도 이전만큼 힘들지 않았다. 그렇게 같은 길을 몇 차례 오르락내리락하면서, 자연스럽게 체력이 좋아지는 걸 느꼈다.

자전거 자체의 성능이 도로 위에서의 주행에 큰 영향을 미치긴 하지만, 결과적으로 내 엔진이 좋아져야 주행을 비롯한 모든 게 편안하게 유지되는 법이다. 몇 년간 운동을 조금도 하지 않았던 몸은 조금씩 여기저기 근육이 붙기 시작했고 일상에도 변화가 생겼다. 이전에는 관심 없던, 몸을 이루는 근육의 세부 부위들이 눈에 들어오기 시작했다. 허벅지, 엉덩이를 구성하는 대퇴근과 둔근, 허리를 지탱하는 기립근의 움직임과 능률을 생각하게 됐다. 자전거를 타기 시작하면 으레 발달하거나 근육통을 느끼게 되는 신체의 다양한 부분들을 점검하며, 내가 내 몸에 너무 무지했다는 사실도 깨달았다. 자전거를 좀 힘들게 탄 다음 날이면 어김없이 몰려오는 허벅지의 통증을 느끼며, '다들 열심히 일하고 있군, 좋았어'라는 혼잣말을 자주 하게 되었다. 운동을 하면 따라오는 자잘한 근육통을 즐길 줄 아는 사람이 된 것이다.

큰 근육이 발달할수록 지치지 않는다, 잘 먹어야 잘 움직인다 등 이론으론 알아도 심드렁한 표정으로 지나쳤던 말들이었는데…. 머리가 아닌 몸을 움직여야만 깨달을 수 있는 무수한 이야기들이 자전거를 타고서야 비로소 내 것이 되었다.

신진대사가 좋아지니 먹는 양도 늘었다. 하지만 뭘 먹고 뭘 안 먹을지 고민하는 시간은 상대적으로 짧아졌다. 고백하자면 운동으로 자전거를 타기 시작한 1년 동안은, 라이딩을 마치고 마실 맥주 한 캔의 종류를 생각하며 달렸다. 알코올은 그날 운동량과 효과에 최악이라는 걸 알면서도, '그렇지만

난 선수를 할 게 아니잖아?'라고 반문하며 운동하는 즐거움을 500밀리리터 짜리 맥주 한 캔에서 찾았다. 술을 진탕 마시고 드러누워 하루이틀을 소비하는 지난날에 비해, 운동 후 딱 한 캔, 이건 꽤나 건선하고 올바른 편 아닌가. 내 엔진이 이만큼 올랐으니 이 정도는 기름칠을 해줘도 되지 않나 하는 마음으로 집에 복귀하며 보상의 즐거움을 유지했다.

자전거 체인에 기름칠이 필요하듯, 자전거를 타는 사람의 마음에도 여유는 필요하다. 맥주 한 캔이든 뭐든 말이다.

머리가 아닌 몸을 움직여야만 깨달을 수 있는
무수한 이야기들이 자전거를 타고서야 비로소
내 것이 되었다.

자전거 체인에 기름칠이 필요하듯,
자전거 타는 사람의 마음에도 여유는 필요하다.
맥주 한 캔이든 뭐든 말이다.

질투의 대상

반려견 '슈'와 함께 생활한 지 11년이 지났다. 슈가 벌써 열한살이라니 아직도 믿기지 않는다.

슈가 한두 살 정도로 어릴 때는, 오래 놀아주지 못했다. 산책도 자주 하지 못했고, 내가 여행을 다니느라 가족들이 슈의 양육을 전담해야 했다. 슈에 대한 관점 자체가 달라진 건, 동물보호단체에서 근무를 시작하면서부터다. 약 4년 정도 일했던 동물단체에서 많은 동물 친구들과 만났다 헤어지기를 반복했고, 이 경험은 자연스레 내 가족 슈에 대한 생각으로 이어졌다. 업무를 통해 알게 된 사람들과 상황들을 토대로, 비강압식 교육과 훈련에 대한 생각도 단단해졌다. 슈의 안전과 행복을 오랜 시간 이어나가려면 어떤 고민이 필요한지 스스로 찾고 공부했다.

집에 다른 반려견이 없었으므로 종종 단체에서 구조한 강아지와 고양이를 임시 보호한 적도 있었다. 둘째로 입양하고 싶었던 강아지들이 많았지만, 슈 하나만 감당하기도 벅찼다. 무엇보다 내가 종일 집에 있지 못했으므로 그런 생각은 일찌감치 접었다. 대신 잠시 안전한 공간을 제공하고 식사와 놀이를 챙겨주는 임시 보호를 선택한 거다.

임시 보호에 들어가기 전에 걱정이 되는 부분이 있었다. 슈는 다른 강아지들과 뛰놀 만큼 사회성이 좋지 못하고, 계속 집에서 혼자 자랐기에 자기보다 어린 동물이 집에 있으면 과연 그들과 잘 어울릴 수 있을지 염려되었다. 하지만 슈는 철저히 내성적인 성격의 소유자였다. 한 살 남짓한 강아지가 집 안을 헤집고 다니며 자신의 밥과 물을 삼키고 애착 장난감을 가지고 노는 걸, 슈는 멀리서 바라만 보고 있었다. 둘이 놀기는 하지만 밀리는 건 슈 쪽이었다. 새끼 고양이의 경우도 마찬가지였다. 시종일관 병아리 소리를 내며 무언가를 찾는 어린 고양이 근처에 슈는 그저 앉아 있을 뿐이었다. 자신을 향해 달려드는 조그만 발톱도 그저 별것 아닌 일로 넘어가는 모양이었다. 아이고, 천사 강아지. 참고는 못 지나가는 이 언니랑은 성격이 달라도 너무 다르다며, 나는 슈를 애처로운 눈으로 바라보곤 했다.

그런 '천사' 슈가 참지 않는 대상이 딱 하나 있다. 바로 자전거다. 정확히는, 집 안에 들어온 값비싼 자전거였다. 사실 슈는 밖에서 자전거를 보면 도망가고 피하기 바빴다. 유모차, 자전거, 오토바이, 자동차, 뭐든 자기보다 크고 시끄럽게 굴러가는 존재는 피했다. 개의 시선에서 보면 당연한 일이다. 멀리서 큰 바퀴가 굴러오면, 슈는 걸음을 멈추고 그것들이 지나가기만을 기다렸다. 그래도 달려들거나 짖지 않아서 다행이었다. 자전거가 다가오면 자전거 진행 방향의 반대로 몸을 틀었기에, 나는 막연히 슈는 자전거를 피하는구나, 라고 생각했다.

하지만 내 자전거는 아니었다. 자전거가 내 방 한구석을 차지하면서부터, 슈는 자전거를 자주 의식하기 시작했다. 자전거를 닦고 있으면 괜히 옆에 와서 앉아 있고, 세차하는 걸 멀리서 구경했다. 자전거 옆에서 간단한 정비를 하며 시간을 보내고 있으면, 그 앞에 장난감을 놓거나 리드 줄을 끌고 와 놀거나 산책가자는 의사를 강력하게 표현했다. 슈는 계속 자전거를 신경썼고, 내가 자신 대신 자전거와 함께 밖에 나가는 날에는 어떻게 그럴 수 있냐는 눈빛으로 나를 바라보곤 했다. 그럴 때마다 집에 돌아와 산책과 간식을 두 배로 늘려주면, 그제야 만족하는 듯 보였다.

그러다 어느 날, 슈가 자전거에 실수를 했다. 내가 없는 사이 자전거 바퀴에 슬쩍 오줌을 싼 거다. 평소 실내 배변은 완벽히 화장실에서만 하는 슈이기에, 이건 분명 일부러 벌인 일이라는 예감이 강하게 들었다. 슈를 자전거 앞에 앉혀놓고 말했다. “이거 왜 그랬어, 언니한테 무슨 불만이야.”

슈는 다소곳하게 앉아 내가 하는 말을 가만히 듣고 있을 뿐이었다. 내가 무슨 잘못이야, 자전거가 잘못이지, 라고 말하는 듯한 눈으로 나를 올려다보면서 말이다.

슈에게 자전거는 어느 날 갑자기 굴러들어와 안방을 차지한 질투의 대상이었던 걸까. 자기보다 작고 어린, 집 안을 난장판으로 만들어놓는 어린 동물들은 눈감아주면서, 왜 짖지도 낑낑거리지도 않는 무생물의 자전거에만 유독 질투를 느끼는 걸까. 그때 나는 매일 아침저녁으로 자전거 타기에 몰두해 있었고, 비나 눈이 오지 않는 이상 미세먼지가 창궐하는 날에도 자전거를 끌고 나가곤 했다. 되돌아보면 슈의 심정이 이해가 되지 않는 건 아니다. 이 집을 언니와 나서던 건 나뿐인데, 어디서 듣도 보도 못한 커다란 물체가 불쑥 들어와서는 소중한 자리를 차지한 건지 의문이었던 걸까. 슈의 속마음을 알 수는 없지만 아무튼 그날 이후 슈는 자전거에 실례하지 않았다. 호시탐탐 기회를 노리다 적재적소에 행동에 옮긴 슈의 오랜 계책이었을지 지금도 아리송하다.

슈와 자전거 사이를 풀어주기 위해, 슈를 데리고 자전거를 탄 적이 있다. 내 자전거에는 바구니가 없고 뒤에 슈를 앉혀서 고정할 수 있을 만한 자리도 없기 때문에, 강아지용 어부바 가방, 일명 '개부바 가방'을 구매해야 했다. 배낭 형태에 강아지의 앞다리를 뺄 수 있는 구멍이 있어, 강아지가 허리를 세우고 앉은 채로 배낭에 담겨 있는 포즈를 취하게 되는 가방이었다. 슈의 몸무게가 자전거의 무게와 거의 비슷했으므로, 슈를 데리고 자전거와 함께 나서는 데는 꽤나 결단이 필요했다.

결과적으론 실패했다. 얼마 타지도 않았는데 허리가 끊어질 듯 아팠고, 슈가 이리저리 고개를 돌릴 때마다 무게중심이 흔들렸다. 이후 슈는 그 가방의 꽁무니만 보여도 자신의 집으로 들어가 꼭꼭 숨었다. 개의 몸 구조상 어차피 장시간 쓸 수 있는 가방은 아니기도 했다. 이후 '개부바 가방'은 따릉이를 타고 슈와 이동할 때 몇 번 사용했다가, 지금은 거의 쓰지 않는다. 하지만 '개부바 가방'에 업혀 있는 슈는 귀엽다. 이것만이 그 가방의 유일한 순기능이라 할 수 있다.

그간 자전거와 모종의 화해를 했는지 어쨌는지, 슈는 이제 자전거를 크게 신경쓰지 않는다. 집에 있는 스마트 트레이너(실내에서 실외와 같은 주행이나 훈련을 체계적으로 할 수 있도록 설계된 자전거 고정 장치. '로라'라고도 불린다)에 자전거를 거치하고 실내에서 자전거를 탈 때도, 슈는 무심한 눈으로 '또 자전거

타니?'라는 표정을 짓곤 제자리로 돌아가 잠을 청한다. 자전거를 타고 며칠 여행을 다녀오면 꽤 오랜 시간 자전거 바퀴의 냄새를 맡곤 하지만, 그뿐이다.

예전의 실수, 슈의 강력한 의사 표현은 어릴 때였기에 가능했던 걸까? 자전거가 집 한구석을 차지한 지 벌써 몇 년이 지났고, 슈도 그만큼 나이를 더 먹었다. 한층 의젓해져 세상사에 초연한 듯 보이는 슈는, 이제 자전거 따위엔 심드렁한 눈빛을 보낸다. 자전거에 기름칠을 하거나 세차를 해서 베란다에 바퀴들을 말려놓으면, 아주 가끔 코를 벌름거리며 다가왔다 사라질 뿐이다.

슈와 자전거는 그간 모종의 합의라도 본 걸까? 이 역시 알 수 없는 일이다.

"이거 왜 그랬어, 언니한테 무슨 불만이야."
슈는 다소곳하게 앉아 내가 하는 말을 가만히 듣고 있을 뿐이었다. 내가 무슨 잘못이야, 자전거가 잘못이지, 라고 말하는 듯한 눈으로 나를 올려다보면서 말이다.

지나친
세계의 표식

자전거 타기의 가장 큰 장점이 뭘까? 아무래도 스스로의 힘으로 앞으로 나아가는 것 아닐까. 거기에 하나만 더 붙여 강조하자면 나는 '어디든'이라는 단어를 꼭 엮고 싶다.

불가능해 보이던 자전거 출퇴근을 성공적으로 마친 것을 시작으로, 주말이면 자전거로 가까운 근교에 다녀오는 걸 루틴으로 삼았던 나는 문득 자전거를 가지고 긴 여행을 한번 가보고 싶다는 생각을 했다. 지도를 손에 들고 가능한 한 자전거길로 갈 수 있는 곳을 전부 뒤졌다. 자전거길 정보가 업데이트되어 있는 곳은 생각보다 많았다. 블로그나 커뮤니티에서도 자전거 여행을 다니는 사람들의 이야기를 어렵지 않게 찾을 수 있었다.

국내에는 다양한 자전거 종주길이 있다. 대표적인 종주길은 북한강, 남한강 자전거길, 바다를 옆에 두고 달리는 동해안 종주길, 섬진강, 영산강, 금강 등 큰 강을 끼고 달리는 종주길 등이다. 각 종주길 내에서도 어느 구간을 달리느냐에 따라 더 나뉘기도 한다. 사실 자전거 도로가 90퍼센트 이상을 차지하는 이런 자전거 종주길에서 벗어나 국도나 임도까지 추가한다면 자전거를 타고 못 갈 곳은 없다. 섬이면 섬대로, 배를 타고 들어가면 그만이고 말이다.

내가 자전거로 떠난 첫 번째 여행지는 동해안이었다. 소위 '낙타 등'이라 불리는, 오르내림이 제법 이어지지만 바다를 옆에 두고 달려 그만한 경치가 없다 정평이 난 동해안 종주길이었다. 행정안전부에서 발급하는 종주 수첩에 하나씩 인증 스탬프를 찍는 재미도 있겠다 싶었다. 몇 박 며칠 동안 어디까지 주파해야 한다, 뭐 이런 목표는 전혀 없었다. 가다가 지치면 쉬면 되고, 숙소는 그때그때 가서 생각하기로 했다.

일주일 정도 걸리는 여행을 생각하니, 준비할 것들이 제법 있었다. 배낭을 메고 갔다간 여행 첫날부터 어깨나 허리가 나갈 게 분명해 고민하던 차, 자전거 안장에 붙이듯 고정하는 가방이 있다는 걸 발견하고는 환호했다. 안장뿐만 아니라 프레임이나 핸들, 바퀴 쪽에도 주행에 간섭을 주지 않게 달 수 있는 가방들이 있음에 고개를 여러 번 끄덕였다. 나에게 자전거는 단순히 이동이나 운송 수단의 의미를 넘어선 지 이미 오래였지만, 여전히 그 값을 톡톡히 하고 있었다. 과연, 자전거는 자전거다.

겨울철이라면 옷 부피가 커서 쉽게 포기했을지도 모르지만, 여행을 계획했던 때는 한여름이었다. 그만큼 옷가지도 가벼워 짐을 싸는 일이 어렵지 않았다. 다만 최적의 수납을 위해 세심한 손길이 좀 필요했다. 불필요한 물품은 최소화하고, 꼭 필요한 물건만 싸는 건 은근히 어려웠다. 자전거 여행 짐을 싸는 것처럼 인생을 살았다면, 나는 미니멀 라이프의 대가로 정평이 나 있었겠지.

동해안 일주는 상상 이상의 기쁨을 주었다. 하루에 150km를 넘게 타는 날도 있었음에도 두 다리의 피로는 두 눈으로 마주하는 풍경이 빚는 즐거움을 이기지 못했다. 바다를 보기 위해 강원도 여행을 종종 오곤 했지만, 차로 오거나 걸으며 보는 바닷가와 자전거를 타며 느끼는 바닷가의 정취는 전혀 다른 것이었다. 전후의 이동을 위해 물에 몸을 적실 수는 없었지만, 수영이나 바다 감상을 목적으로 바다에 들를 때와도 다른 풍경이었다.

바닷가의 모래가 흩날리는 도로, 사람들이 몰리지 않는 특이한 이름의 해수욕장, 갈매기 떼가 머무는 독특한 모양의 바위…. 사람들이 붐비는 곳에서 조금만 타고 나와도 잘 알려지지 않은 근사한 바다와 마을이 나왔다. 차로 다닌다면 놓칠 게 뻔하고, 걸어서 다닌다면 너무 멀어 쉽게 맛볼 수 없는 사소한 재미와 풍경들을 자전거 위에서 경험하게 된 것이다.

자전거 하나만 있으면 갈 수 없는 곳은 없었다. 동해안에서 자전거 여행에 재미를 붙인 나는, 매 휴가 때마다 자전거를 가져갈 궁리를 했다. 어디를 갈지 정하는 게 늘 첫 번째 고민, 그리고 거기까지 이동하는 데 자전거를 어떻게 운반할지가 두 번째 고민이었다. 제주도는 쉬웠고 바다 건너 일본 또한 자전거로 가기 좋은 조건이었다. 운송료가 추가로 붙지만 여행을 다니며 자전거가 내게 선사해줄 즐거움을 생각하면 조금도 아깝지 않았다. 오히려 그 정도 비용은 내 자전거와 나를 위해 지불할 수 있는 당연한 비용, 이를테면 입장료나 교통비 같은 사소한 것이 되었다.

여행과 자전거를 일체화한 이후 이전에는 관심 가지지 않던, 주변을 이루고 있는 당연한 풍경들이 새롭게 눈에 들어오기 시작했다. 섬진강 강변을 고즈넉하게 달리고 있을 때였나. 콧노래를 부르며 둑길을 지나다 문득, 양옆에 빼곡하게 난 갈대같이 생긴 풀이 정말 갈대가 맞는지 아닌지 궁금해졌다. 내가 배웠던 갈대의 생김새가 저게 맞던가. 궁금증이 머릿속을 가득 채웠지만 곧 다른 풍경이 펼쳐져 갈대의 강박을 잊었다. 하지만 얼마 지나지 않아 또 똑같은 풍경이 두 번 세 번 반복되었고 나는 궁금증을 참지 못해 그 자리에 멈춰 검색을 하고는 갈대 같지만 갈대 아닌 그 무성한 풀의 진짜 이름이 '억새'라는 걸 알게 되었다.

살면서 갈대와 억새도 구분 못 하냐고 핀잔을 주는 사람이 있을지도 모르겠다. 하지만 지나가는 누구, 아니 거기까지 가지 않아도 되고, 당장 친구들을 붙잡고 '갈대와 억새의 차이에 대해 설명해보라'고 하면 높은 확률로 어안이 벙벙한 표정을 지을 것이다. 그때의 나도 그랬다. 억새는 '억세게' 생겨서 억새일 줄 알았는데 이런 부들부들 유한 얼굴로 흐느적거리고 있을 줄 누가 짐작했겠는가. 머리가 댕, 하고 크게 울렸다.

억새를 시작으로 이번엔 강변을 지날 때면 자주 보이는 새들이 눈에 들어왔다. 종종 고혹적인 자태를 뽐내며 강변에 날아드는 백로들이었다. 백로도 중백로, 중대백로, 쇠백로 등 그 종류와 이름이 다양했다. 이전엔 문득 그들을 만나면 '큰 새 선생이 또 있군'이라고 생각했을 뿐이다. 지금은 다르다. 어떤 강에는 보이고 어떤 강에는 안 보이는 새들의 종류에도 두루 관심이 가기 시작했다. 북한강에서 보이던 왜가리가 금강에서도 보였을 때 "왜가리다!" 소리칠 수 있는 기쁨은 얼마나 큰 것인가. 누군가 옆에서 "저 백로를 좀 봐!"라고 말하면 그를 지나치며 '저건 크기가 백로보다 훨씬 큰 황새라고' 혼자 생각하며 씨익 웃을 수 있는 여유. 사람은 이래서 아는 만큼 보인다고 하는구나. 새삼 감동을 느끼며 새들을 향해 마음의 인사를 보내게 되었다.

자전거 여행을 자전거길만 이어진 곳이 아닌, 자전거와 자동차가 함께 다니는 공도 혹은 자전거와 경운기가 함께 다닐 수 있는 농로로 넓히고 나니 더 많은 재미가 찾아왔다. 숲이 길게 뻗은 길을 달리다가 문득 이상한 산딸기 모양의 조형물을 만나 주변을 둘러보니 그 지역이 산딸기로 유명한 곳이었던 일, 도로변에서 조금 벗어난 한적한 냇가 근처에서 다치거나 질병에 걸린 야생 철새들을 보호하는 작은 새장들을 만난 일, 바다에서 멀지 않은 마을 어귀에 고양이들이 머무는 작은 절과 그 주변을 배회하는 갈매기들, 집마다 세워 말리는 참깨, 포도밭을 지날 때 콧속을 뚫고 들어오는 달콤한 포도 내음, 농로 한쪽에서 싸움 중인 사마귀들, 귀를 세우고 나의 움직임을 살피던 풀숲 안 고라니의 작은 갈색 머리. 타래에 타래로 내려와 반짝이는 수많은 장면들을 자전거 여행에서 만났다. 그중 어떤 곳에선 잠시 멈춰 사진이나 글로 남기기도 했고 어떤 것은 그저 눈길만 주며 지나치기도 했다. 하지만 그 모든 순간이 나의 기억과 기록 속에 선명하게 박혀 있다.

자전거 위에서 마주한 모든 것들은 평소 잊고 지내거나 평생 모르고 지내온 모든 감각을 상기시켰다. 그리고 얼마 지나지 않아 시작된 팬데믹 사태에도 그 감각을 유지하는 일은 계속되었다. 사람들 사이의 거리가 멀어지고 모이는 일이 줄어들게 되자 나는 인적이 드문 곳으로 자전거를 타고 다니기 시작했다. 전에는 쉽게 다가갈 수 없다 단언하며 망설이던 길을, 자전거는 내게 '갈 수 있다' 안내해준 셈이다. 발길이 끊긴 도로에서 햇볕을 받고 달리며, 이따금 이렇게 내가 원래 위치해 있던 세계와 완전히 동떨어진 채 자전거와 단둘이 숨 쉴 수 있음을 감사히 여겼다.

차로 다닌다면 놓칠 게 뻔하고 걸어서 다닌다면
너무 멀어 쉽게 넘볼 수 없는 사소한 재미를,
자전거 위에서 경험하게 된 것이다.

자전거 하나만 있으면 갈 수 없는 곳은 없었다.
쉽게 다가갈 수 없다 단언하며 망설이던 길을,
자전거는 내게 '갈 수 있다' 안내해준 셈이다.

맞바람
또는 역풍

자전거를 타다 보면 어쩔 수 없이 바람과 마주한다. 한낱 인간은 자연의 섭리를 거스를 수 없다. 평생을 중력의 힘을 느끼며 살아야 하듯 바람도 마찬가지다. 다만 그것이 대체로 자전거를 탈 때 유난히 느껴지니 문제다. 바람이 불건 말건 별 상관없이 지내다가도 자전거 안장 위에만 오르면 나는 매서운 눈을 한 인간 풍량계가 되어버린다. 가는 길은 수월한데 오는 길은 호락호락하지 않겠군. 눈썹을 치켜올리며 앱을 열어 바람의 세기와 방향을 검색한다.

바람이 조금도 불지 않고 평온한 날은 열 손가락 안에 꼽을 정도로 드물다. 약하게 서풍이 불거나 별안간 동풍이 불어닥치거나, 세기만 다를 뿐이지 바람이 아예 없는 날은 거의 없다. 갈 때 편했다면 올 때 힘든 날도 있고, 갈 때 힘들었다면 올 때 더없이 편안할 때도 있다. 제일 짜증나는 상황은 주행 중에 바람의 방향이 바뀌는 경우다. 열심히 맞바람을 버티며 갈 때는 돌아오는 길은 분명 편할 거란 혼잣말을 하곤 한다. 그러다 집 쪽으로 자전거의 방향을 틀었는데 바람이 급변해 다시 내 쪽을 향해 불어올 때. 그럴 땐 정말 울고 싶어진다. 왜 나는 새가 아닌가. 새가 아니어서 바람을 타고 날 수 없는가.

라이딩 이후 다른 일정이 전혀 없을 때 맞바람을 만나는 건 그리 짜증나는 일은 아니다. 문제는 빠른 시간 내에 이동해야 하거나, 이후에 일정이 있을 때 발생한다. 주행 시간을 계산해 나왔을 때 갑자기 부는 놀풍은 정말 곤란하다. 그럴 때 선택은 두 가지뿐이다. 주행 속도 그대로 밀고 나가면서 주행을 계속하느냐, 혹은 속도를 늦춰 맞바람을 적당히 피하며 주행하느냐. 전자는 자신의 파워를 고스란히 바람에 내주어야 하기에 쉽게 지치고, 후자는 힘은 덜 들지만 그만큼 주행 시간이 늘어날 수밖에 없다.

자전거 출퇴근이 많은 달에 맞바람을 자주 만나면 매번 이런 고민에 빠지곤 했는데, 나는 컨디션이 좋든 좋지 않든 대체로 후자를 택하는 편이다. 조금 늦을 걸 감안하고 최대한 맞바람을 피할 수 있는 자세, 이른바 '에어로'한, 몸을 가능한 한 숙여 주행하는 자세를 취한다. 바람이 잠시 잦아들었다 싶으면 냅다 박차고 페달링을, 다시 바람이 불면 저자세를 취한다. 맞바람에 정면으로 맞서 싸워봤자 언제까지 구간이 이어질지 알 수 없으니 적당히 쉬며 감정적인 소모를 줄인다.

얼마 전 라이딩에서 태풍 직전의 하늘에서나 볼 수 있는 역대급의 맞바람을 맞고 돌아오면서 맞바람과 연애의 크고 작은 다툼이 꽤 닮았다는 생각이 들었다. 이런 태도, 그러니까 자세를 낮추고 한 박자 쉬어가거나 직면한 문제를 피해가는 태도를 어떤 사람들은 종종 '비겁하다'고 말하곤 한다. 사람마다 각자의 사정과 각자 견딜 수 있는 스트레스의 최대 수치가 있는데 그걸 '비겁' 또는 '옹졸'이라는 단어를 붙이는 건 잘못된 것이 아닐까. 나는 피할 수 있는 일에 굳이 내 마음을 써가며 직면하고 싶지 않다. 어쩌면, 귀찮고 싶지 않아서 이리저리 피하며 상대를 가늠하는 행동을 반복하고 있는지도 모른다. 때로는 정면 돌파가 방법일 수는 있겠지만, 맞바람이 언제까지 지속될지 그 누가 알겠는가. 어림잡아서라도 짐작하기 힘들다면, 최대한 마음을 비운 채 편하게 상황을 넘기고 싶다. 그러다 보면 때로는 언제 우리가 씨름했냐는 듯 맞바람이 사라지고 주행에 도움이 되는 시원한 바람이 불 때가 있으니까.

맞바람, 혹은 역풍에 정면 대응하지 않고 적당히 피해가며 주행하는 건 여러모로 주행자 자신에게 도움이 된다. 최대로 내던 속력을 조금만 낮추면 달리던 중에 놓친 사소한 디테일들이 하나둘씩 눈에 들어오기 때문이다. 오른쪽 팔에 타고 있는 이름 모를 벌레 손님, 언제 묻었는지 모를 이상한

숯 검댕이, 숨을 지나치게 크게 쉬며 거친 호흡을 뽐내는 나 자신, 흐트러진 페달링과 자세 등을 알아챌 수 있다. 소위 잡생각과 다름없지만, 이런 걸 발견하게 되는 계기는 역시 맞바람과 자전거가 부딪쳐 주행이 주춤할 때다.

사람 사이도 그렇다. 잠시 속도를 늦출 때 서로가 잘못하고 있는 일들, 맞지 않는 태도 혹은 필요 이상으로 신경쓰고 있는 일들을 조율할 수 있게 되곤 한다. 이런 생각을 하다 보면 맞바람이 아주 나쁜 것만은 아니라는 생각도 든다. 아주 무더운 여름날의 맞바람은 종종 오아시스처럼 느껴질 때도 있으니 말이다.

그러나, 하지만, 그럼에도 불구하고 정말이지 예기치 못한 맞바람은 웬만하면, 어지간하면 피하고 싶다. 특히 앞뒤 살핌 없이 막무가내로 도로를 질주하는 사람이라거나 야밤에 고개를 푹 숙이고 휴대폰만 보며 자전거 도로 위를 걷는 사람, 막걸리 통을 꽂고 달리는 라이더, 전조등이나 후미등 없이 전신에 검은 옷을 입고 질주하는 사람…. 자연에서 불어오는 바람이 아닌 물리적이며 인간적인 역풍, 그리고 그와 비슷한 양상의 연애들은 가능한 한 마주하지 않은 채 멀리 멀리 돌아가고 싶다. 정말 심혈을 기울여 피해봤지만 어쩌다 그들을 마주한다면, 그럴 때는 즉시 주행하던 길을 크게 우회할밖에. 혹은 그 바람이 사라질 때까지 조금 뜸을 들이며 기다릴 수밖에 없을 테다.

조금 늦을 걸 감안하고 최대한 맞바람을 피할 수 있는 자세, 이른바 '에어로'한, 몸을 가능한 한 숙여 주행하는 자세를 취한다.

맞바람이 잠시 잦아들었다 싶으면 냅다 박차고 페달링을, 다시 맞바람이 불면 약간의 저자세를 취한다.

그러다 보면 때로는 언제 우리가 씨름했냐는 듯 맞바람이 사라지고 주행에 도움이 되는 시원한 바람이 불 때가 있으니까.

함께라면 좀 더
멀리 갈 수 있다

자전거는 이어달리기처럼 함께 운동할 다른 누군가가 반드시 필요한 운동이 아니다. 일대일 혹은 일대다로 이루어지는 수업처럼 강사나 동료가 필요하지도 않다. 누군가의 도움 없이 자신의 근력과 체력을 이용하는 운동이기 때문에 자전거는 본래 혼자 타는 것이라고도 말할 수 있다.

하지만 모든 운동이 그렇듯, 자전거도 혼자 타는 일엔 한계가 있다. 시시각각 변하는 근사한 풍경을 보는 것도 재밌지만, 멀리 가야 한다거나 좀 더 빨리 달리고 싶을 때는 제약이 따른다. 혼자 타는 '솔로 라이딩', 이른바 '솔라'로 장거리를 주구장창 달리기엔 체력적으로도 정신적으로도 너무 힘들기 때문이다. 거센 맞바람이 부는 날에 혼자 벌판을 달리고 있다고 가정해보자. 페달을 아무리 밟아도 앞으로 나가지 않는 상황. 상상만으로도 온몸에 힘이 빠지는 기분이다. 바로 이럴 때, 효율적으로 움직일 수 있게 해주는 것이 '팀 라이딩'이다.

팀 라이딩은 두 명 이상의 소소한 숫자로 이루어질 수도 있고, 때로는 수십 명 수백 명이 함께하기도 한다. 매년 유럽 등지에서 이뤄지는 유명한 사이클 대회를 보면, 선수들이 따로따로 주행하지 않고 빼곡하게 군집을 이뤄 주행하는 것

을 볼 수 있다. 선수들은 반 바퀴도 되지 않는 간격을 두고 아주 빠른 속도로 움직인다. 혹여 행렬이 꼬이거나 누군가에게 기재 트러블(자전거 자체에 생긴 결함)이라도 일어나면 대형 사고로 이어질 확률이 아주 높다. 실제로 매년 그런 사고로 인해 강제로 시즌 오프를 겪는 선수들이 많다. 하지만 이런 위험마저 무릅쓰고 팀 라이딩, 이른바 '펠로톤 라이딩'을 하는 이유는 자명하다. 혼자 달리면 고스란히 감내해야 하는 여러 장애점을 나눌 수 있고, 팀 안에서라면 체력을 비축할 수 있기 때문이다. 스테이지 우승을 거머쥐는 선수들은 주로 군집 안에서 기회를 엿보다가, 적당한 시기에 튀어나오는 퍼포먼스를 보여준다. 반대로 타이밍을 맞추지 못하고 집단에서 도망쳐 독주하다가 뒤쫓아오는 거대한 무리에 잠식되는 선수들의 모습 또한 흔한 일이다.

팀 라이딩의 골자는 '역할 분담'이다. 선두에 서는 사람은 바람의 저항을 버티며 노면의 상태를 확인하는 동시에 길을 멀리 볼 수 있어야 한다. 바람이 아주 많이 부는 날이라면, 선두는 일종의 '바람막이'가 되기도 한다. 선두 바로 뒤부터는 차례대로 기후의 저항을 덜 받는다. 이들은 선두 뒤에서 체력을 비축하다가, 선두의 체력이 한계에 다다르면 일정한 규칙에 따라 선두와 순서를 차례로 바꾼다. 체력이나 파워가

월등히 높아 계속해서 선두에 서는 '말뚝 선두'의 경우도 간혹 있지만, 팀 라이딩에 있어서는 이런 역할 분담과 로테이션이 몹시 중요하다.

굳이 저항과 체력, 운동 효과 등 이론적으로 접근하지 않더라도, 혹은 대회를 노리거나 자전거를 운동으로 진지하게 타고 있지 않더라도, 누군가와 함께 혹은 나란히 주행한다는 건 정신적으로 굉장한 안도감을 선사한다. 내가 처져도 나를 기다려주는 사람이 있다는 걸 떠올리거나 혹은 다른 사람이 뒤처지면 그를 기다려주는 행동의 반복. 자전거를 타는 일에 대한 기본적인 예의를 배우고 더불어 타인에 대한 존중까지 겸할 수 있으니 일석이조가 아닐 수 없다.

나는 한강을 돌거나 카페나 빵집 등 소소한 마실을 다녀올 때는 주로 혼자 자전거를 타는 편이다. 혼자 타는 건 아무래도 자유도가 높기 때문이다. 아주 익숙한 길, 수십번 다녀 눈 감고도 갈 수 있는 길의 경우에도 그렇다. 하지만 변수가 있는 라이딩, 이를테면 처음 가보는 길일 때, 하루에 내 한계치를 넘어 라이딩을 해야 할 때, 어제보다 조금 더 운동 효과를 높이고 싶을 때라든지, 낯선 장소나 지역에 방문해야 할 때는 '혼자'보다 '함께'를 선호한다. 반드시 여러 명일 필요는 없다. 평소 자주 팀 라이딩을 해서 주행 습관이나 속도를 미리 알고 있는 사람들이면 금상첨화겠지만, 필수적인 건 아니다. 마음이 맞는 사람이라면 누구나 상관없다. 같은 길 위에서 호흡하며 비슷한 속도로 움직인다는 것 자체가 중요하다.

함께 움직이며 얻는 이점 때문에, 소소한 자전거 대회나 행사에 가면 자신과 비슷한 속도와 체력을 가지고 있는 라이더들끼리 자연스레 어울리게 된다. 난생처음 보는 사람들이지만, 자전거라는 교집합을 통해 만나 비슷하게 주행을 마친 후 그룹을 이루어 조금씩 성장을 도모하는 경우도 어렵지 않게 찾을 수 있다. '나' 혼자만으로도 충분하지만 나와 비슷한 '누군가'를 만났을 때, 서로의 공통점을 공유하며 또다른 즐거움을 만들어낸다는 점이 팀 라이딩의 진정한 묘미라고 할 수 있다.

좀 더 멀리 가기 위해, 좀 더 체력을 비축하거나 정신적 고통을 줄이기 위해 택하는 팀 라이딩은 어떻게 보면 인간관계나 사회생활의 구조와도 닮았다. 내가 힘들 때 누군가를 돕는다면 그 보상은 언젠가 다시 나를 찾아올 거라는, 선순환과 선의에 기반한 관계들 말이다. 모두에게 각자의 장점이 있으며, 저마다의 단점은 보완해줄 누군가의 도움을 받으며 앞으로 나아간다. 혼자서 버텨야 하는 시간도 있지만 정말 힘들 때는 누군가에게 기대거나 누군가의 등 뒤에서 잠시 숨을 돌리며 소모된 감정과 체력의 재장전을 도모할 수 있다. 함께 같은 곳을 보고 달리면, 좀 더 멀리 갈 수 있다는 사실은 비단 자전거 주행법에만 해당하는 건 아닐 거다.

내가 처져도 나를 기다려주는 사람을 떠올리거나
혹은 다른 사람이 뒤처지면 그를 기다려주는
행동의 반복.

마음이 맞는 사람이라면 누구나 상관없다.
같은 길 위에서 호흡하며 비슷한 속도로
움직인다는 것 자체가 중요하다.

혼자서 버텨야 하는 시간도 있지만 정말 힘들
때는 누군가에게 기대거나 누군가의 등 뒤에서
잠시 숨을 돌리며 소모된 감정과 체력의 재장전을
도모할 수 있다. 함께 같은 곳을 보고 달리면,
좀 더 멀리 갈 수 있다.

일단 시작하기만 한다면

"아. 그만했으면 좋겠다. 너무 힘들다."

서울에서 부산으로 향하는 국토 종주 마지막 날이었다. 끝이 보이지 않는 저지대 평야를 지나며 나도 모르게 입에서 튀어나오고만 말이다. 재밌으려고 왔는데, 어쩌다 이렇게 됐지? 다리는 무겁고 종아리 한가운데선 쥐가 올라올 듯 말 듯 미세한 통증이 느껴졌다. 엉덩이와 어깨도 저렸다. 아직 목적지까진 60km 넘게 남았고, 이제 절반을 막 지난 참이었다. 주변의 호젓한 풍경도 눈에 들어오지 않았다. 쉬고 싶지만 쉴 수 없었다. 그랬다간 제시간에 목적지에 도착하지 못할 테니까.

국토 종주는 자전거를 열심히 타는 사람이라면 누구나 한 번쯤 꿈꿔보는 도전이자 여행이다. 서울에서 부산, 혹은 부산에서 서울까지 자전거길로만 이동할 수 있도록 종주길이 제법 잘 닦여진 편이기에, 채비만 잘한다면 보통 사나흘 내로 완주할 수 있다. 다만 장거리고, 만일의 사태에 대비해야 하기에 보급과 숙소 등 중요한 건 출발 전에 미리 점검해야 한다. 며칠을 이동만 해야 하니까 챙길 짐도 아주 적은 편은 아니다.

다른 장거리 자전거길은 자주 가봤지만, 국토 종주를 해본 적은 없었던 나는 본격적으로 자전거를 탄 지 얼마 되지 않아 이제 막 자전거에 대한 흥미가 올라온 언니 두 명과 휴일을 맞춰 종주를 시작했다. 원래대로라면 인천 쪽의 아라뱃길 시작점에서 출발해야 하지만 인천까지 갔다 다시 서울로 돌아오는 건 무리니 그냥 서울에서 시작하기로 했다.

아직 여름의 따스함이 도로에 내려오지 않아 긴 팔 긴 바지를 입어야 했지만, 시작은 별 무리 없었다. 연휴의 시작이었기에 자전거길엔 사람이 제법 많았다. 수도권을 벗어나니 한적한 시골길이 펼쳐졌고 사람도 반의반으로 줄었다. 우리 셋은 앞서거니 뒤서거니 수다를 떨며 이동했다. 목적지까지 시간은 넉넉히 잡고, 쉬고 싶을 때 이야기하기로 했다. 중간에 상황이 바뀔 수 있으니 숙소는 점심 먹고 나서 잡아보자며 우리만의 룰을 만들었다.

새벽과 밤에는 추운 기운이 있었지만 아침과 낮에는 더운 기운이 아스팔트 사이로 스멀스멀 밀려왔다. 추위에 대비해 껴입을 옷들을 가져왔기에 온도 차는 문제 없었다. 이대로라면 순조롭게 완주할 수 있겠다며 떡볶이에 맥주를 나눠먹고, 부산에서 뭘 할지 행복한 상상에 빠졌다. 이틀 뒤 비를 만나기 전까지는 말이다.

사실 비가 올 거라고 예상은 했다. 다만 일기예보가 조금이라도 틀렸기를 바랐을 뿐이다. 비가 내리면 체온도 내려가고 길도 미끄러워 평소보다 속도가 더딜 수밖에 없다. 우비를 둘러 싸매도 발이나 다리는 어쨌든 젖는다. 게다가 마지막 날에는 130km를 가야 종점인 낙동강 하굿둑이 나오는데 지금까지 그 정도 되는 장거리 내내 비를 맞으며 자전거를 타본 적은 없었다. 기껏해야 10~20km 정도였지 이 정도 장거리를 우중으로 간다는 건, 힘든 일이 될 것이 분명했다.

예상은 적중했다. 추적추적 내리던 비는 어느새 바람까지 몰고 왔다. 준비한 천 원짜리 우비를 각자 펼쳐 입었지만, 우비는 보온 효과 제로에 바람도 제대로 막아주지 못했다. 비가 그칠 것 같지 않아 중간중간 쉬면서 채비를 다시 해야 했다. 속도는 점차 떨어졌다. 그렇다고 빗길에 속도를 무리하게 낼 수도 없었다.

비가 아주 많이 내려 앞을 볼 수 없을 정도라면 차라리 중간에 포기하고 말았을 것을, 이날 내린 비는 야속하게도 우리를 조련하듯 퍼붓고 잦아들기를 반복했다. 그렇게 어찌저

찌 달리다 보니 어느새 중간 지점을 지나, 부산을 향해 달리는 라이더 몇 명을 마주할 수 있었다. 다들 비를 예상하지 못했는지 추워 보이는 차림이었다. 우리는 옷을 두둑하게 가져온 걸 다행으로 여겼다. 고글에 빗방울이 듬성듬성 맺혔고 축축해진 엉덩이와 발가락이 신경쓰였다. 하지만 멈출 수 없었다. 쉬더라도 부산에 가서 쉬자는 의견에 모두 동의했다. 밤늦게 도착해도 괜찮았다. 우리에겐 전조등과 후미등이 있으니까.

보통 장거리 이동길엔 중간중간 휴대폰을 꺼내 신기한 풍경이 있으면 사진을 찍곤 한다. 부산에 도착해서야 깨달았는데, 이날 우리는 거의 사진을 남기지 않았다. 사진이 없다는 건 그만큼 움직이기 바빴다는 거고, 휴대폰을 꺼낼 여유가 없었다는 걸 의미한다. 종주 완료 지점에서 추워 죽겠다는 표정으로 인증 사진을 찍은 내 표정이 그날의 고됨을 증명하고 있었다. 그 사진은 지금 다시 봐도 정말 불쌍해 보인다. 물에 빠진 생쥐, 그 이상으로.

종일 비를 맞으면서 머릿속엔 '그만하고 싶다'는 생각이 꼬리에 꼬리를 물고 둥둥 떠다녔다. 계속해서 앞으로 나아가 결승 지점을 밟고 싶은 마음과 여기서 그만두면 몸이 편할 거라는 마음이 충돌했다. 계속되는 빗길, 밀리는 브레이크, 축축한 발가락과 손가락, 눈물인지 땀인지 빗방울인지 모를 볼 어귀의 액체, 사방에서 불어오는 바람과 계속해서 입에 고이는 빗물, 그리고 흙탕물. 창녕에서 부산으로 이동하는 중간에 전철역이나 기차역이 하나라도 있었다면 정말 포기했을지도 모른다.

부산에 도착하고 얼마 지나지 않아 엄청난 폭우가 쏟아졌다. 우리 셋은 폭우를 뚫고 낙동강 하굿둑, 인증 종료 지점에 다다랐다. 아침에 출발해서 저녁에 도착한, 장장 열두 시간이 걸린 느리고 힘든 라이딩을 마쳤다. 시간이 늦긴 했으나 원하던 대로 목적지까지 들어왔고, 숙소로 이동해 먹고 마신 뒤 더러워진 자전거를 세차하고 손빨래를 마치곤 잠이 들었다.

정신력으로 극한의 상황을 버텨내고 이겨내는 일은, 사실 나와는 거리가 멀다. 나는 인간 본성이 나약함과 강인함의 양면을 아슬한 차이로 등지고 있다고 믿는다. 종주 마지막 날도 분명 뭔가 하나라도 내게 딱 걸렸더라면 힘들고 바닥난 체력을 어떻게든 주워 담기 위해 이동을 바로 중단했을 것이다. 그 무언가가 나타나지 않았기에 우리는 결국 당일 완주를 할 수 있었던 것이지만.

이렇듯 해야만 하는 일이 있을 때면, 때로는 앞뒤에 아무런 장치와 도움이 없는 곳에 나를 밀어넣는 결단이 필요하다. 세상과 단절되기 위해 어딘가 처박혀 몰두하거나, 종일 휴대폰을 끄고 SNS를 들여다보지 않는다거나 하는 일처럼 말이다. 등 떠밀리든 스스로 선택하든 일단 시작만 하고 나면, 포기할까 말까 하는 순간에 포기하지 않는 쪽을 택하게 되는 경우가 많다. 운동도 나가기 직전 옷을 갈아입고 신발 끈을 조일 때가 가장 귀찮고 힘들다. 막상 그 순간이 지나면 언제 그랬냐는 듯 가뿐한 마음과 개운한 발걸음으로 돌아올 걸 알면서도.

'하기 싫다, 멈추고 싶다'를 속으로 끊임없이 중얼거렸던 종주 마지막 날은 지금도 가끔 생각난다. 혼자였다면 걸음을 멈추고 '지금은 이래도 괜찮아'라며 스스로 위안했을까. 일행이 한 명이었다면 그 사람에게 이제 그만두자고 설득했을까. 어쨌든 중요한 건 그날 아무리 힘들고 죽을 것 같았어도 포기하지 않고 끝까지 갔다는 거고, 아주 곧고 예쁜 운동 기록 지도를 남겼다는 거다. 포기하고 싶은 순간이 분 단위로 찾아왔지만 참고 넘겼고, 불편한 순간들의 연속에도 불구하고 페달을 밟았다.

하지만 다시는 비바람과 맞서며 낙동강 길을 달리는 일은 없으면 좋겠다. 바람을 막아주는 나무의 중요성을 새삼 느꼈다. 내년 식목일엔 낙동강 유역에 작은 나무를 기부하고 말겠다며 기후 위기를 재고하던 나흘이었다. 이런 경험은 인생에 한 번이면 족하다.

기록하는
즐거움

얼마 전, 블로그에 일기를 쓰다가 문득 내가 블로그를 언제부터 쓰기 시작했는지 궁금해졌다. 블로그 발행 글을 역순으로 좇아 날짜를 확인했다. 30개씩 묶어 150페이지나 넘겨서야 첫 포스팅을 찾을 수 있었다. 2003년 부천국제판타스틱영화제에 가서 본 영화에 대한 단상이었다. 그때 즈음 싸이월드가 하락세를 타고 있었기에, 싸이월드에서 블로그로 넘어와 새로 시작한다는 일기도 있었다. 매일은 아니지만 나는 그렇게 꾸준히 약 15년 동안 블로그에 서식하고 있었다. 내 인생에서 이만큼 오랜 시간 정성 들여 한 일이 또 있을까.

되돌아보면 글을 쓰는 지금의 나를 만든 건, 8할이 블로그였다. 영화 이야기를 처음 시작한 곳도, 소설에 관한 아이디어를 처음 적어둔 곳도 모두 블로그다. 누군가의 피드백을 바라고 쓴 건 아니지만, 블로그의 특성상 포털사이트에 검색되니 타인의 유입이 당연히 생길 수밖에 없다. 그렇게 교류한 이웃과 일을 하기도 하고, 잡지를 만들기도 하고, 팟캐스트를 하기도 했다. 길든 짧든 하루, 혹은 며칠 간격으로 자신을 돌아보며 단상을 남기는 건 글쓰기에 도움이 된다. 나는 글을 처음 쓰는 분들이나, 좀 더 체계적인 글쓰기를 원하는 분들께 블로그를 시작하라고 늘 권한다. 수첩과

펜과 다이어리의 낱장은 분실되기 쉽다. 하지만 휴대폰은 그렇지 않다. 24시간 내내 나와 함께하는 휴대폰을 열어 몇 자 끄적이면 그만이다. 타인에게 공개할 필요도 없다. 너무 쉬운 방법이지 않은가. 이게 바로 길고 지속적인 '글쓰기'의 시작이 될 수 있다.

자전거 생활에서도 글쓰기와 비슷한 즐거움을 주는 앱이 있다. 자전거를 타는 사람뿐만 아니라 달리기, 수영, 등산 등의 스포츠를 즐기는 사람이라면 누구나 알고 있을 법한 '스트라바(strava)'라는 앱이다. 그날 운동을 돌아보거나 어디서부터 어디까지 달렸고 어떤 속도로 달렸는지, 무엇을 먹고 무엇을 봤는지 소소한 단상을 남길 수 있다. 친구를 맺은 사람들끼리는 서로의 기록을 보며 댓글을 달 수 있다. 구간별 주행 순위를 매길 수 있기 때문에 경쟁 아닌 경쟁이 일어나기도 하지만 대부분의 사람들은 하루종일 열심히 운동한 기록을 체크하는 용도로 이 앱을 사용한다.

운동을 한다는 건 누구에게 보여주고자 함이 아닌 자기 자신의 건강을 위함이다. 기록과 계측이 없다 한들, 운동의 효과가 떨어지는 건 아니다. 하지만 수치와 지도의 족적이 주는 뿌듯함은 상상 이상의 효과가 있다. 단순히 나의 기록을 돌아보는 것만으로도, 다시 달릴 수 있는 계기가 생기기 때문이다. 어제의 나태와 오늘의 노력, 일주일 전에 밟았던 힘든 페달링. 때로는 땀을 한 바가지 흘리고 때로는 멈춰 서서 경치를 구경한 모든 순간이 사라지지 않고 기록되어 나의 아카이브가 된다는 건 정말 근사한 일이다. 주간, 월간, 연간으로 나누어 집계되는 나의 숫자들을 보며, 다음 계절 혹은 다음 시즌의 계획을 세워보기도 한다. 비록 그 일이 작심삼일이 될지라도 말이다. 작심삼일이든 작심사일이든, 계획하는 그 순간만큼은 좀 더 나은 인간이 되었다는 행복감을 선사받지 않는가.

자신이 걸어온 발자국을 스스로 지우며 앞으로 가는 사람은 없을 것이다. 사람들은 대체로 흔적을 남기는 걸 좋아한다. 그걸 남에게 보여주느냐 보여주지 않느냐일 뿐, 스스로 지나온 길에 대한 애착 또는 애증은 누구나 가지고 있다. 나는 세계지도를 펼쳐놓고 핀을 꽂거나 표식을 남기는 걸 즐기진 않지만, 내가 가본 길이나 인상 깊었던 장소를 메모해두고 되새김질하는 일을 좋아한다. 그때 찍은 사진이 한두 장 있다면 그날의 감정과 기분을 떠올리기 더 수월하다. 기록이 모든 걸 증명하진 않지만 적어도 스스로를 돌아보게 하는 중요한 장치라는 건 분명하다.

분명 풍경은 익숙하고 한번은 와본 것 같은데 이상하게 낯선 듯한 기분을 느낄 때가 있다. 어쩌다 한번 가는 길이면 더욱 그렇다. 강원도 속초에서 동해안 자전거길을 타고 내려갈 때 그런 기분을 꽤 자주 느꼈다. 그 해의 강수량과 풍랑에 따라 바다 가까이에 있는 자전거길들은 사라지고 나타나고를 반복할 때가 많다. 그럴 때는 역시 과거의 내가 현재의 나를 돕는다. 라이딩을 마치고 앱에 업로드한 기록이 내가 이곳에 몇 번 왔는지 알려준다. 2020년의 7월에 한 번 들렀고, 2016년의 8월에는 이 구간의 가장 빠른 기록을 세웠군. 고개를 끄덕이며 다음번엔 확실히 기억해두자고 다짐한다. 잊어버려도 뭐, 상관은 없다. 오늘의 나는 미래의 나를 또 도울 테니까.

처음 자전거에 흥미를 붙인 사람들에게 나는 무조건 무엇이 되든 좋으니 기록 앱을 하나 깔아두라고 추천한다. 전 세계적으로 제일 많이 이용하고 사용하기도 편리한 앱이 스트라바이기 때문에, 보통은 스트라바를 가장 먼저 추천한다. 지도에 그려지는 주황색 선과 수치, 운동 시간 등을 계속 보다 보면 무언가 이룬 것 같은 뿌듯함이 몰려오고, 신기해서 자꾸만 그걸 들여다보게 된다. 그러다 보면 내일 달릴 수 있는 힘이 생기고, 일주일, 혹은 한 달 뒤에 있을 라이딩을 설레는 마음으로 기다리게 된다. 과거의 실수를 반복하지 않기 위해서도 마찬가지다. 십 년 전이나 지금이나 한 자리에 머물고 있다면 너무 슬프지 않은가. 적어도 한 발자국을 더 떼게 만드는 힘이, '기록'에 존재한다.

과거의 내가 현재의 나를 돕는다.
기록이 내가 이곳에 몇 번 왔는지 알려준다.
잊어버려도 뭐, 상관은 없다.
오늘의 나는 미래의 나를 또 도울 테니까.

적어도 한 발자국을 더 떼게 만드는 힘이,
'기록'에 존재한다.

자전거를 타며
앞으로 나아가기 위해

3

나아가다

호르몬 주기와 자전거

여성들은 가임기부터 폐경기까지 매달 주기적으로 월경을 한다. 초경과 폐경이 빨라지고 있으며, 개인차가 있기에 '평균적으로 언제부터 언제까지 월경기다'라고 정의를 내릴 수는 없다. 하지만 정말 긴 시간을 월경통과 씨름하며, 활동의 저하를 매달 느껴야 한다는 건 여성 누구나 같다. '원수에게도 생리대는 빌려줄 수 있다'는 말이 있지 않은가. 창과 방패를 들고 싸우더라도, 한 달에 한 번 찾아오는 고통과 불편함 앞에서는 무기를 거두고 서로의 고통을 공감할 수 있는 주기, 그게 바로 여성들을 엮는 가장 끈끈한 공감대인 월경이다.

내가 매달 월경 주기를 체크하고, 월경의 양과 질에 대해서 스스로 꾸준히 점검하기 시작한 건 자전거를 타고 나서부터였다. 그전에는 '운동을 한다'고 할 수 없을 정도로 비정기적으로 움직였고, 월경이 시작되면 당연히 움직임을 멈추고 다른 활동들도 줄였다.

하지만 주기적으로 운동을 하면서 삶의 활력을 더 찾고 예전보다 몸이 건강해지자 한 달에 일주일, 월경 기간 동안 운동을 아예 쉰다는 건 있을 수 없는 일이 되었다. 매일 자전거를 탈 수 있는 것도 아니고, 소중한 주말마다 여기저기 자전거를 타고 둘러볼 곳도 많은데, 자전거 타기 한창 좋을 날씨에 방구석에서만 지낼 수는 없지 않은가.

이런 불끈하는 마음을 가진 후, 그다음 달에 바로 실행에 들어갔다. 한 해에 한 번 있는 대회 직전이었는데, 하필이면 월경 주기가 정확히 대회 날과 겹쳐 대회 참가 신청을 취소할지 말지 기로에 놓여 있었다. 대회에는 내가 너무 좋아하는 월드 스타 자전거 선수 크리스 프룸과 함께 라이딩하는 행사가 예정되어 있는데, 그 영광을 고작 월경 때문에 내버릴 수 없었다. 결국 진통제를 두 알 삼킨 후 130km를 달리는 대회에 참가했다. 그리고 나는 70km 지점에서 시원하게 컷오프(탈락)당했다. 출발 전날만 해도 컨디션이 좋았으나 라이딩을 시작하고 몇 분 뒤부터 조금씩 '힘들다'는 생각이 들었고, 시간 내에 특정 구간을 넘지 못해 회수차를 기다려야 했다. 추위를 막으라고 주최 측이 건네준 알루미늄 비닐을 뒤집어쓰고 구석에 앉아 코코아를 마시며 다시는 무모하게 도전하지 말 것, 그리고 좀 더 체계적으로 월경과 호르몬 주기에 관해 생각할 것을 다짐했다.

월경 중에 운동을 하느냐 마느냐에 대한 이야기는, 당장 인터넷에 무수히 쌓인 질문과 답변만 봐도 알 수 있듯 여성들에게는 꽤 중요한 이야기다. 1년에 한 번 열릴까 말까 하는 대회가 잡힐 수도 있고, 아마추어나 프로 선수들 같은 경우는 월경통이 경기 성적을 발목 잡을 수 있다. 한 달은 4주, 그중 월경 기간은 길게는 일주일 정도다. 월경이 시작되기 직전 호르몬의 변화가 급격하게 드러나는 PMS(월경전증후군)기간을 나흘 정도 더 추가한다면 여성들은 한 달의 삼분의 일 가까이 되는 어마어마한 시간을 대체로 불편함 속에서 지내야 한다. 월경통이나 PMS가 심하지 않다면 버텨볼 만 하지만, 몸에서 무언가 자꾸 빠져나가며 심리적 불안감을 느끼는 건 즐거움이나 안정감과는 확실히 거리가 먼 일이다. 하루이틀도 아니고 며칠간 계속해서 겪어야 하니 말이다.

나는 월경 기간보다는 PMS기간, 월경 직전의 며칠이 훨씬 힘든 타입이다. 똑같은 거리를 이동하는데 갑자기 더 힘들고 숨이 차고 기력이 없다면, 십중팔구 월경일이 코앞에 다가와 있다. 주기는 일정한 편이고 그렇게 되도록 약을 먹어 조절하고 있지만, 매달 월경 직전 하루 이틀 정도 날이 곤두서고 아침에 일어나기가 어려워지는 등 총체적으로 기분이 변하는 건 그 무엇으로도 막을 수 없다.

이를 해소하기 위한 방법은 하나다. 기분에 좌지우지되지 말고 일단 아무 생각 없이 몸을 움직이는 것. 실제로 전문가들은 PMS를 극복하려면 특별한 무언가를 하기보단, 전과 비슷하거나 조금 더 낮은 강도로 꾸준히 움직일 것을 추천한다. 일단 움직이는 건 확실히 도움이 된다. 옷을 입고 자전거를 끌고 길까지 나가는 일이 월경이 도래함에 따라 여러 가지 핑계와 변명과 함께 늘어나고 말지만, 일단 발을 밖으로 뻗어 나서기만 하면, 확실한 기분전환이 된다. 이렇게 PMS 기간의 룰을 만들어 반복하다 보면, 자연스럽게 루틴이 잡혀 다음과 그다음의 월경 직전에도 도움이 된다.

나 같은 경우 PMS 기간까지 운동을 얼마나 자주, 적당한 강도로 했느냐가 월경 기간의 통증과 불편함을 좌우하는 척도로 작용한다. 운동을 거의 하지 않은 달은 대체로 하루만 고생하고 지나가는 월경통이 두 배, 세 배로 이어진다. 다가올 통증을 미리 잠재우기 위해서라도 나는 습관적으로 몸을 움직이는 편이다.

PMS 기간이 지나가고 월경이 본격적으로 시작되면 두 가지 고민을 하게 된다. 하나는 끊임없이 나오는 피와 그로 인한 불편함을 감수하고 운동하느냐에 대한 고민, 다른 하나는 운동의 효율에 대한 고민이다. 월경 중의 운동에는 여러 견해가 있고, 월경 중에 어쩔 수 없이 운동하게 되는 경우도 많이 겪어봤다. 다만 자전거는 안장 위에 앉아 골반에 지속적인 압박과 경미한 충격을 가하는 운동이기에, 다른 운동들에 비해 조금 더 고민해보아야 할 지점이 있다.

월드클래스 자전거 선수인 리지 데이난은 "월경 중에는 나쁜 기운이 몸밖으로 빠져나가 운동 효과가 오히려 두 배가 된다"는 말을 인터뷰에 남기기도 했다. 하지만 이는 당연히 모두의 정답이 될 수 없다. 여성의 신체는 모두 다르고 개개인의 능력 또한 제각각이기 때문이다. 실제로 많은 선수들이 중요한 대회를 앞두고 월경을 늦추는 약을 먹거나 월경을 앞당기는 주사를 맞아 주기를 바꾼다고 한다. 몸에 좋지는 않지만, 무척 중요한 경기나 이벤트가 있다면 그럴 수 있다. 다만 그걸 매달 할 수는 없는 노릇이다.

그렇기에 월경 기간에도 컨디션이 허락한다면 운동을 하고, 자전거를 타는 것이 좋다. 다만 앞에서도 말했듯, 자전거란 골반의 움직임이 동반된 운동이기 때문에 고려해야 할 점들이 제법 있다. 제일 먼저 고려해야 할 것은, 출혈 중에 피부와 직접 맞닿는 복장의 선택이다.

자전거를 본격적으로 타기 시작했다면, 아마 높은 확률로 흔히 '쫄쫄이'라고 불리는 옷, '빕'을 입고 있을 것이다. 빕은 두터운 패드가 내장된 타이트한 기능성 옷으로, 속옷 없이 그냥 착용해도 자연스레 그 역할까지 하는 독특하고 편안한 자전거용 하의다. 두터운 패드가 있기에 안장통을 최소화할 수 있고, 좀 더 좋은 퍼포먼스를 낼 수 있다. 월경 중에도 속옷 없이 빕을 착용해도 괜찮다. 출혈이 심한 초반에는 좀 저어되긴 하나 그 이후에는 출혈량을 가늠해서 평소처럼 빕을 입고 라이딩해도 크게 새거나 드러나지 않는다. 다만 평소보다 좀 더 푹신한 패드가 내장되어 있는 검은 빕을 선택하는 게 좋다.

일반 복장 혹은 가벼운 운동복으로 자전거를 탄다면, 안장과의 마찰 때문에 쾌적한 라이딩을 즐기기 어렵다. 일회용 패드나 천 생리대를 사용한다면 자주 갈아주고 내게 가장 편안한 자세를 찾아 라이딩하는 것이 좋다. 하지만 어쨌든 골반과 안장의 마찰이 주기적으로 일어나기에, 피부 통증이나 습진 등 이차적인 문제가 생길 가능성이 높다. 이럴 때를 대비해 탐폰이나 월경컵(체내 삽입해 생리혈을 받는 실리콘 재질의 컵)의 사용법을 익혀두면 도움이 된다. 탐폰이나 월경컵의 경우, 착용 이후 몸을 움직여보고 골반통 등 별다른 이상

반응이나 불편함이 없다면 장기적으로 이용해도 좋다. 운동하는 데는 이만큼 편리한 물건이 없을 정도로, 유려한 움직임을 보장해주는 물건들이다.

나는 월경 주기가 다가오면 무조건 월경컵을 사용한다. 나에게 맞는 월경컵을 찾아 체내에 제대로 넣고 빼는 방법을 배우기까지 꽤 지난한 시간이 걸렸지만, 결과적으로 엄지를 골백번 치켜올릴 정도로, 내 삶에 없어선 안 될 물건이 되었다. 제대로 사용하면 수영이나 달리기 등의 운동, 크로스핏이나 축구 같은 격한 운동도 편하게 즐길 수 있다. 생리혈을 깔끔하게 컵에 담을 수 있고, 패드와의 마찰이나 그로 인한 감염을 걱정할 필요도 없고, 환경에도 좋다. 사용법을 익혀야 한다는 허들을 넘어야 하지만 너무도 쾌적하기에, 도전해볼 만하다.

월경 중 라이딩에서 가장 중요하게 고려해야 할 것은, 역시 자기 자신의 컨디션이다. 월경이 시작되고 완전히 끝날 때까지는 고강도 운동을 피하는 게 좋다. 물론 혈액 순환을 촉진시키는 등 평소처럼 운동 효과는 있지만, 출혈과 통증으로 인해 평소보다 다소 저하된 컨디션에서 운동을 무리하게 하면 부상으로 이어질 확률이 높다. 더불어 월경 중에는 운동을 할 때 자연스레 쌓이는 젖산의 분해가 늦어져, 다리 여기저기가 쉽게 뭉치고 피로해지거나 다른 때보다 더 쉽게 쥐가 날 수 있다. 이를 일시적으로 해소하기 위해 에너지젤(운동 중 먹는 젤 형태의 에너지 보충제)이나 전해질 음료를 섭취하는 것도 좋지만, 이것들이 젖산 분비 자체를 막지는 못한다. 월경 중에는 가능한 장거리, 혹은 무리한 언덕길 라이딩은 피하고, 평소보다 자전거에서 자주 내려와 스트레칭을 하거나 휴식을 취하는 것이 좋다.

적을 알고 나를 알면 백전백승이다. 내 의지와 기분이 '월경'이라는 복병을 만났을 때 어떤 방법으로 이를 해결해야 하는지 스스로 경험을 쌓고 정리해두는 게 무엇보다 중요하다. 월경이 찾아올 때는 다디단 음식과 카페인이 듬뿍 든 음료가 도움이 될 때도 있지만, 정말 순수하게 내 신체 효율과 장기적인 관점에서 바라본다면, 그건 그냥 '기분만 좋게 만들' 뿐이다. 물론 기분이 좋은 건 중요하지만 말이다.

앞으로도 꽤 오랫동안 월경에 시달릴 것이다. 이 제약을 초등학교 때부터 지금까지 거의 20년이 넘도록 겪으면서도, 나는 월경이 여전히 낯설고 어색하다. 그 기간에 좋아하는 운동과 자전거를 쉬지 않을 수 있는 방법에 대해서는 여러 고민이 따르지만 매월 이 지대한 불편함으로 인해 자전거 생활에 차질이 생기는 건 용납할 수 없다.

그렇기에 '자전거를 사랑'하고, '여성으로 살아가는' 우리는, 월경과 적당히 타협하고 합의점을 늘 찾아야 한다. 결과적으로, 오래오래 건강해서 하고 싶은 일을 마음껏 하는 삶을 누리기 위해서.

편견과 마주하기

자전거를 열심히 타기 시작하면서 가장 먼저 신경썼던 건 복장이었다. 아무 생각 없이 자전거를 이동 수단으로만 이용하던 때에는 사실 어떤 복장이든 상관없었다. 그러다 자전거가 삶에 스며들고, 자전거를 타는 시간과 자전거로 이동하는 거리가 늘어나자 자연스럽게 좀 더 편한 복장, 좀 더 운동 능률이 오르는 복장을 찾게 되었다. 그렇게 청바지보다 신축성이 뛰어난 레깅스를, 레깅스보다 땀의 흡수와 증발이 잘 되는 기능성 옷 저지와 빕의 세계로 차례차례 이동했다.

온몸을 사용하는 운동의 경우, 대부분 몸에 딱 붙는 옷을 입는다. 팔과 다리, 발목과 손목을 걸리적거림 없이 자유자재로 움직일 수 있어야 하기 때문이다. 게다가 가벼워야 한다. 옷이 무거울수록 피로가 쌓이고 활동 반경에 제한이 생겨 자연스레 운동 효과 또한 떨어진다. 값비싼 기능성 옷들이 바로 이럴 때를 위해 존재한다. 물론 청바지에 티셔츠 하나 걸치고도 얼마든지 운동을 할 수 있다. 하지만 운동을 위해 태어난 기능성 옷들을 한번 입고 나면, 다시는 그 이전으로 돌아갈 수 없다. 특히 땀을 많이 흘리는 여름에는 더더욱 말이다.

자전거길에서 자전거를 타는 사람들을 보면, 대체로 비슷한 복장을 한 걸 볼 수 있다. 헬멧과 고글, 손에는 장갑, 그리고 몸에 딱 달라붙어 신체 굴곡이 그대로 드러나는 상의인 저지, 그리고 그와 비슷한 재질로 만들어졌으나 엉덩이 부분에 패드를 내장한 하의 빕(이른바 '쫄쫄이'라고도 불린다). 라이더들이 이 복장을 선택한 데는 이유가 있다. 오랜 시간 햇볕에 노출되는 환경에 맞춰 자외선 차단과 땀 방출이 용이한 것은 기본이다. 특히 패드가 내장된 빕은 오랜 시간 자전거 안장에 앉아 있어야 하는 골반과 엉덩이의 피로도를 낮춰준다. 이런 옷들은 대부분 자전거 역사가 깊은 유럽 쪽에서 생산되어 세계에 보급되기 시작했으며, 일반 옷의 몇 배에 달하는 가격을 자랑한다. 말 그대로 오로지 자전거를 위해서만 태어난 옷이다. 그러니 쾌적도와 성능 자체가 다른 옷들과 비교도 되지 않을 정도로 뛰어남은 당연한 일이다.

자전거에 특화된 복장을 선택하는 마음은 성별이나 나이 구분 없이 누구나 같을 것이다. 하지만 여성들은 이 딱 붙는 자전거 옷에 대한 편견을 남성들보다 훨씬 자주, 다양한 곳에서 마주한다. 여기저기서 힐끔거리는 시선들은 물론이고 '자전거 전용 옷은 몸매를 과시하기 위해 입는다'라고 말하는 사람들, 혹은 '저런 몸매인데 무슨 자신으로 딱 붙는 옷을 입고 나왔느냐'는 말들까지 심심치 않게 들린다. 단순히 나의 쾌적한 라이딩과 더 좋은 퍼포먼스를 위해 선택한 옷일 뿐인데 왜 이런 편견 가득한 시선들에서 자유롭지 못한 걸까.

빕과 저지를 입고 자전거를 타기 시작했을 때, 전에는 잘 느껴지지 않던 기분 나쁜 시선들이 신체 구석구석에 옮겨붙는 걸 실감할 수 있었다. 특히 자전거를 타는 다른 사람들보다는 거리를 걷거나 신호 대기 중인 차, 횡단보도 건너에 있는 사람들에게서 느껴지는 시선이 더 많았다. 어떤 때는 너무 빤히 여성 라이더들을 쳐다보느라 신호를 맞추지 못해 뒤차의 클랙슨 세례를 받는 차를 보기도 했고, 대놓고 여성들의 몸매를 훑으면서도 조금의 부끄러움 없이 당당한 사람을 보기도 했다. 내가 본 그런 이들 대부분은 장노년층 남성이었고, 저런 사람들이 집에 돌아가 인터넷에서 여성들의 자기주장 강한 복장은 미풍양속을 해치니 뭐니를 읊고 있을 거라 생각하니, 머릿속이 아득해졌다.

이런 경험을 몇 번이나 겪다가, 문득 그들에게 당신이 잘못 행동하고 있다고 명확히 표현하는 게 좋겠다는 생각이 들었다. 처음에는 괜히 몸을 움츠리거나 시선을 피해 자리를 뜨

곤 했다. 하지만 내가 좋아서 한 내 선택에 내가 왜 몸을 숙이고 저자세를 취해야 하는지 의문이 들었다. 그리고 곧 이 안에 있는 문제 자체가 사실 '여성의 삶' 전반에 깔려 있던, 아주 고질적인 것이었다는 걸 깨달았다. 그런 편견을 깨부수기 위해 얼마나 많은 인생 선배들이 노력해왔고 노력하고 있는가. 나는 도망치고 숨는 대신 정면으로 그들의 얼굴에 '내 잘못이 아닌 네 잘못이다'라고 표현하기로 했다. 숨고 피하는 대신 불쾌한 편견의 시선을 보내는 사람들의 눈을 똑바로 바라봤다. 그들의 시선이 누군가를 기분 나쁘게 만들고 있음을 알렸다. 때로는 큰 소리로 말하기도 했다. "뭘 봐요?"

여성 라이더들이 이용하는 인터넷 커뮤니티에선 이와 비슷한 상황에 대한 고민이 자주 올라온다. 수년 전만 해도 다들 '똥이 무서워서 피하나, 더러워서 피한다'는 식의 회피를 선택하는 분위기였지만 지금은 다르다. 자신의 안전이 확보되는 곳으로 일단 자리를 옮긴 후, 그곳에서 모두가 들을 수 있도록 문제를 지적하고 잘못을 공포하는 태도를 취하고 있다.

잠시 논란이 되었던 '레깅스 사건'을 떠올려본다. 레깅스는 편하게 움직이기 위해 만들어진 옷이고, 성별과 나이에 상관없이 누구나 입을 수 있다. 그런데 유독 여성의 레깅스 차림이 도마 위에 올라야 하는 이유는 뭘까. 그런 시선과 풍토는 누가 만들었나. '다른' 게 아니라 '틀린' 문제는 정확히 짚고 넘어가야 한다. 레깅스 차림에 대해 호들갑 떨며 보도하는 언론이나 찬반 논쟁을 붙인 커뮤니티들에 대해, 많은 여성이 목소리를 높였다. 입고 싶은 옷을 입는 사람들이 문제가 아니라 그걸 다른 생각으로 바라보는 사람들이 문제라고. 오늘도 어제도 끊임없이 벽이 세워지고 있다. 그 벽을 계속해서 허물고 또 같은 벽이 생기지 않도록 고군분투하는 건 언제나 여자들이다.

문제를 정면에서 해결하는 건 때론 문제를 피할 때보다 더 많은 갈등과 감정 소비를 가져오기도 한다. 하지만 그로 인해 정작 아무 잘못도 하지 않은 내 마음이 다친다면, 피해를 보는 건 잘못한 상대가 아니라 내가 될 뿐이다. 스스로에게 상처를 입히며 도망치거나 언제까지고 그냥 넘어갈 수는 없다. 자전거뿐만 아니라 다른 운동들에도 편견은 존재한다. 발목과 허벅지를 보호하기 위해 선택한 기능성 옷을 여성의 '드러내기'로 치부하는 편견, 여성의 운동은 다이어트를 위해 존재한다는 편견, 여성의 선택은 자신을 위한 게 아닌 타인의 시선을 의식한 것이라는 편견, 혹은 그런 시선을 즐기는 게 여성의 본성일 거라는 편견…. 정말 많은 편견이 '운동하는 여성' 주위를 맴돌고 있다. 아득한 과거에서부터 현재로 오는 길목까지 생각의 환기는 어느 정도 진행되었으나 개개인이 겪는 불쾌의 시선은 여전히 자리하고 있다.

자전거는 오래전부터 페미니즘과 뗄 수 없는 연관성을 가져왔다. 여성이 발목을 드러내며 이동에 제약을 주지 않는 몸에 착 붙는 옷을 입고 자전거를 탄다는 게 있을 수 없던 시절이 있었다. 지금도 일정 부분 제지를 받는 중동 어느 나라만의 이야기가 아니다. 유럽과 미주 등도 마찬가지였다. 1900년대에는 여성과 자전거를 떼어 놓기 위해 거짓으로 점철된 각종 보고서를 들이밀던 이들이 있었다. 왜였을까? 자전거는 스스로 발을 굴려 어디든 이동할 수 있는 수단으로, 이를 통해 여성도 자유롭게 여행하고 이동할 수 있었다. 당시 어떤 이들은 이로 인한 여성의 자유를 억압하기 위해 최선을 다하기도 했지만.

미국에서 여성의 참정권 획득을 위해 헌신한 운동가 수전 앤서니는 "이 세상에서 자전거만큼 여성을 해방시킨 것은 없다"고 말했다. 사우디아라비아의 여성 감독 하이파 알 만수르가 연출한 영화 〈와즈다〉를 통해 이 말을 곱씹어볼 수 있다. 주인공 소녀 '와즈다'는 또래 남자아이들이 타는 자전거를 부러운 시선으로 바라보며, 자신도 자전거를 타기 위한 작전을 펼친다. 영화는 '왜 사우디아라비아에서 여자는 자전거를 탈 수 없냐'는 물음을 정면으로 던지며 사우디아라비아의 여성 인권의 전반을 다루고 있다. 영화 개봉 후, 사우디아라비아의 여성들은 약 23년 만에 자전거를 탈 수 있게 되었다. 하지만 개봉부터 여성들이 자유롭게 자전거를 탈 수 있게 되기까지의 과정이 결코 녹록지 않았다. 감독을 비롯한 사우디아라비아 국적의 제작진 몇몇은 살해 협박을 받았으며, 현지 촬영 도중 이런 영화는 중지시켜야 한다는 비난을 받기도 했다. 이후 〈와즈다〉는 베니스국제영화제 수상을 비롯해 여러 국제영화상을 휩쓸었다. 온갖 성차별이 만연한 국가에 경종을 울린 영화가 되었고, 자전거는 더 이상 사우디아라비아에서 여성에게 금기로 작용하지 않게 되었다.

하지만 여전히 자전거가 금지된 국가들이 있으며, 여성 라이더의 자유도와 안전이 보장되지 않은 나라들도 존재한다. 자전거길의 파란색 선을 따라 아무 생각 없이 페달을 밟다가도, 가끔씩 이 사실을 떠올린다. 내가 지금 자전거를 타고 원하는 곳으로 갈 수 있는 건, 저절로 이루어진 것이 아니라 수많은 편견의 무덤을 딛고 얻어낸 것이라고. 때문에 우리는 결코 역행할 수 없는 것이다. 내가 원하는 복장을 입고 타인의 불쾌한 시선을 제지하며 '네가 잘못했다' '뭘 봐요?'라고 말해야 하는 권리와 의무가, 우리에겐 존재한다.

"이 세상에서 자전거만큼 여성을
해방시킨 것은 없다."

내가 지금 자전거를 타고 원하는 곳으로 갈 수 있는 건, 저절로 이루어진 것이 아니라 수많은 편견의 무덤을 딛고 얻어낸 것이라고.
때문에 우리는 결코 역행할 수 없는 것이다.

모든 감각의 사용

자전거는 도로교통법상 명백히 '차'에 속하지만, 자전거를 자동차와 동등하게 인식하는 사람들은 많지 않다. 자전거는 사람이 다니는 인도로 다닐 수 없으며, 자전거 도로가 있다면 그곳으로, 없다면 차도로 다녀야 한다. 차도에선 버스 전용차선을 제외한 오른쪽 마지막 차선의 삼분의 일을 자전거가 이용할 수 있는 게 정해진 법칙이다. 하지만 창문을 내리고 마구 클랙슨을 울리며 고성방가를 지르는 자동차 운전자를 옆에 둔 내가 자전거를 내팽개치고 열린 자동차 창문으로 뛰어들어 줄줄이 도로교통법을 읊어가며 교육할 방법 따위, 있을 리가 없다.

그냥 지나칠 수도 있지만, 그날은 그러기 싫었다. 자전거를 탄 지 얼마 되지 않아 이제 막 도로의 감을 익히기 시작했던 친구가 뒤에 있었고, 나는 선두에서 차도 주행을 어떤 방식으로 해야 하는지 알려주고 있던 참이었다. 이런 상황을 언젠가 마주할 거라곤 생각했지만 그게 하필이면 오늘이라니. 나는 자전거 핸들을 꽉 쥐고 계속해서 클랙슨을 울려대는 자동차 운전자를 향해 소리질렀다. "블랙박스 찍고 있고, 도로교통법 좀 제대로 알고 운전하세요!" 물론 이렇게 정중하게 이야기하진 않고, 상대방이 하는 만큼 나도 약간의 욕설을 첨가하긴 했다. 주행 중에 일어난 일이니 그만큼

침착성이 떨어지는 것도 당연지사였지만.

당시 내 자전거의 핸들 바 앞쪽엔 소형 카메라가 달려 있었다. 자전거를 타는 지인에게 그 카메라를 받은 지 얼마 지나지 않았던 때였고 마침 성능을 시험하기 위해 열심히 사용하고 있었다. 나를 위협한 자동차 운전자가 내 자전거의 카메라를 의식했는지 어쩐지는 모르겠지만, 이후 나와 내 친구를 추월해 멀리 사라졌다. 나는 그날 집에 돌아와 고스란히 기록된 영상을 다운받아 인터넷으로 바로 신고 절차를 밟았다. 열흘 후 신고처로부터 해당 차주에게 벌점과 주의를 주겠다는 답변을 받았다. 몇 줄 되지 않는 답변서를 보면서 생각했다. 블랙박스가 있었기에 다행이라고, 운전자도 자신이 잘못한 행위를 인지하고, 다음부턴 똑같은 행동을 하지 않을 거라고. 하지만 곧바로 드는 반문은 회의적인 것이었다. 매 순간 모든 라이더들이 블랙박스를 들고 다니지는 않는다. 만일 모종의 사고가 났다면, 어차피 다치는 건 내 쪽이니 손해는 결국 나만 볼 것이 분명하다.

자전거의 차도 이용은 앞서 말했듯 당연한 일이지만, 내가 겪은 일과 비슷한 상황으로 차도에서 자동차와 실랑이를 벌이는 라이더들이 제법 많다. 자전거는 자동차 전용도로를 제외하면 차도를 사용할 수 있다. 라이더들 또한 이 사실을 잘 알고 있다. 하지만 막상 자전거를 타고 도로 주행을 하면, 생각지도 못한 다양한 일들이 벌어진다. 상황은 천차만별이지만, 이유는 대부분 하나로 압축할 수 있다. '감히 자전거가 차도로?'라는 문장 하나로 말이다. 아이러니하게도 자동차 안에서 자전거를 향해 실컷 삿대질하던 사람들은 본인이 자전거를 탈 때엔 자동차를 향해 욕설을 퍼붓는다. 씁쓸한 일이다.

실제로 이 '감히'라는 단어에 꽂혀 자전거를 위협하다가 형사 처벌을 받은 차주들도 꽤 있다. 당연한 위법 행위지만, 어쨌든 자동차와의 대결에서 결과적으로 피해와 상처를 입는 건 백 퍼센트 자전거 쪽이다. 어떤 상황이 벌어질지 모르기 때문에 자전거를 처음 배우거나 자전거를 익힌 지 얼마 되지 않은 사람들에게는 자동차와 자전거가 함께 쓰는 공도를 타는 걸 추천하지 않는 편이다.

하지만 자전거는 사람들이 인도로 다닐 수 없다. 자전거 주행 처음부터 마지막까지 자전거 전용도로만 이용할 수 있는 경우는 거의 없다. 자전거 스킬이 상급이든 초급이든, 도로 주행 자체를 피할 수는 없다. 익숙한 도로나 한적한 도로가 아닌 자동차의 통행량이 많은 도로라면 나도 주의하는 편이지만, 그렇다고 공도를 타는 걸 기피하거나 꺼리지는 않는다. 물론 이렇게 되기까지 꽤 많은 시간을 공도 주행 연습에 할애해야 했다.

자전거로 지켜야 하는 공도 주행의 룰, 혹은 자전거 운전자가 가져야 하는 공도 주행 전 마음가짐으로 나는 가장 먼저 '집중'에 대해 이야기하고 싶다. 정해진 차선을 지키고 좌회전이나 추월 등을 하지 않는 것은 기본 중의 기본이다. 그다음은 바로 집중하는 일이다. 자전거를 타고 있으면서도 주변의 다양한 정보들을 보고 듣고 생각하며 행동할 수 있어야 한다. 도로에는 차들이 즐비하다. 정속으로 주행하는 차도 있지만 그렇지 않은 차도 있고, 항상 우측 차선에 붙어 있는 버스나 한 차선을 통으로 먹고 움직이는 부피가 큰 트럭들도 있다. 자전거를 타는 사람은 앞이나 옆에 있는 이런 가지각색 차들의 크기나 속도 등을 감안해 주행 방향과 속력 등을 스스로 제어하고 조절해야 한다.

도로 위에서 자전거를 타다 보면 자동차를 대하는 감각이 생긴다. 눈으로 보고, 소리로 차가 다가오는 걸 인지하고, 바람이나 도로의 진동으로 어떤 차가 어떻게 지나가는지를 확인할 수 있게 된다. 이 모든 감각을 적재적소에 활용하려면, 시야를 차단하는 짙은 색 고글이나 청각을 차단하는 이어폰이나 헤드폰 등은 사용하지 않아야 한다.

자전거는 도로에선 약자이지만 보호를 기대하기는 힘들다. 때문에 차량의 흐름에 위배되지 않는 주행과 함께 자전거 운전자가 지신의 모든 감각을 열어두는 일이 도로 위에서는 절대적으로 중요하다. 그렇기에 도로 주행은 순간적으로 핸들을 틀어야 하거나 브레이크를 잡는 경우 혹은 빠른 시간 내에 차선 변경을 해야 할 때 바로 대응할 수 있을 만큼의 능력을 기른 뒤에 경험하는 것이 좋다.

자동차 운전자에게 나의 존재, '내가 자전거를 타며 이 도로를 이용한다'는 걸 확실하게 인지시키는 노력도 필요하다. 공도를 타고 갈 일이 생긴다면, 한낮이라도 후미등을 켜고 주행하는 게 좋다. 꽤 좋은 성능의 후미등은, 주간 모드와 야간 모드가 분리되어 있다. 주간 모드는 야간보다 더 환하고 화려하게 빛난다. 후미등과 더불어 옷도 도움이 되는데, 자전거용으로 판매되는 옷들이 대부분 밝은 계열에 화려한 색상을 자랑하는 이유도 후미등을 켜는 이유와 궤를 같이한다. 자전거까지 밝고 환하게 칠하고 꾸밀 필요는 없다. 어차피 자동차 운전자들은 차체 밑을 잘 볼 수 없다. 상체나 헬멧, 후미에서 뿜어져 나오는 빛 정도만으로 '나'의 존재를 확실히 각인시키는 것이 먼저다.

차의 흐름을 읽고 계산하며 주행하는 건 처음에는 힘들지만 익숙해지면 금세 편해진다. 중요한 건 자신감을 가지는 것. 위축되지 않고 내가 향하는 길 그대로 편안하고 차분하게 흔들리지 않고 주행하는 일, 그 마음가짐이다.

중요한 건 자신감을 가지는 것.
위축되지 않고 내가 향하는 길 그대로
편안하고 차분하게 흔들리지 않고 주행하는 일,
그 마음가짐이다.

부상과 재활

"저기요, 정신 차려보세요, 여기 기억을 잠시 잃었나 봐!"

감았던 눈을 뜨자 제일 먼저 들어온 장면은 회색 아스팔트 바닥. 나는 왼쪽으로 누워 있었다. 아주 잠깐 눈을 깜박였을 뿐인데 도로 위에서 자전거를 타고 있던 내가 길 위에 누워 있었던 거다. 퍼뜩 정신이 들었다. 아, 나 지금 자전거에서 낙차했지. 넘어져서 지금 여기 누워 있는 거지?

낙차하기 직전까지 나는 서울에서 경기도를 거쳐 강원도를 찍고 다시 서울로 돌아오는 총 300km의 장거리 대회에 참여하고 있었다. 이미 몇 주 전 200km 주행을 여러 번 연습했고 스스로도 만족할 만큼 몸이 올라와 있었다. 300km를 한 번에 주행하는 건 그리 큰 문제는 아니었다. 시간 내에 들어와야 한다는 제약이 있지만, 무리해서 고속 주행을 할 필요는 없었다. 최대한 힘을 아끼며, 그렇다고 너무 느리진 않을 만큼 페이스를 조절하며 240km 가량을 달리던 중이었다. 그날따라 몸이 너무 가벼웠고, 평소 얼마 이상을 달리면 특정 부위에서 느껴지던 통증도 없었다. 산 언저리 코스가 꽤 있었기에 힘이 들 때도 있지만 어쨌거나 사고가 나기 직전까지는 아무 이상도 없었다.

낙차 사고의 이유는 파손된 도로와 연이어 놓인 방지턱이었다. '널미재'라는 고개를 하나 넘고 바로 길게 이어지는 내리막길 끄트머리에서 난 사고였다. 아주 빠르진 않았지만 중속으로 주행하던 나는, 도로 오른쪽의 파손된 부분을 피하려 핸들을 왼쪽으로 꺾다 곧바로 뾰족한 방지턱을 만났고 그 방지턱에 당황해 뒷바퀴부터 급브레이크를 잡아버린 것이다. 그대로 앞으로 한 바퀴 구르며 왼쪽 팔꿈치와 턱이 먼저 땅에 떨어졌고, 자전거와 함께 도로 구석에 널브러졌다. 낙차 당시에는 오랜 시간 운동으로 인해 아드레날린이 꽤 분비되어 있던 상태라 아프지도 않았고 입술이며 인중, 턱에서 피가 철철 흐르는 줄도 몰랐다. 정신이 들었을 때는 이제 얼마 남지 않았으니 빨리 일어나 다시 가야 한다는 생각밖에 없었다. 자전거를 들고 일어나려고 몸을 일으킬 때야 왼팔이 움직이지 않는다는 걸 깨달았다.

내가 도로에 누워 있는 동안 많은 동호인들이 가던 길을 멈추고 사고를 수습해주었고, 차와 함께 쓰는 도로였기에 차량 통제도 해주셨다. 나중에 정신을 차리고 몇 분께 감사 인사를 드렸지만, 그때만 해도 경황이 없었다. 누군가 부른 구급차에 자전거와 함께 넣어져 인근의 대학병원으로 실려갔다가, 비상 처치 후 턱 부근의 봉합 수술과 차후 처치를 위해 서울의 종합병원으로 이송되었다. 구급차에는 사람만 실을 수 있고 자전거는 실을 수 없었는데, 나는 사고 당시 혼자였고 가족이나 친구가 그 산길로 차를 끌고 자전거를 수거하러 올 때까지 기다릴 수 없었기에 예외로 자전거를 함께 실어주셨다. 감사하다는 인사를 연신 드리면서 구급차 안에서 찢어진 턱과 갈려나간 인중의 상처 부위를 소독받는 동안 멀쩡한 오른손을 이용해 가족과 친구에게 연락했다. 팔 뼈가 부러진 와중에 그 위를 감싸고 있던 자전거 옷은 뜯어진 곳 하나 없이 너무 멀쩡해서, 이래서 비싸고 튼튼한 옷을 입어야 하는 건가 생각하며 실없는 웃음이 흘러나오기도 했다.

팔 부위의 수술을 위해 서울 집 근처의 종합병원에 입원해 있는 동안 여러 처치를 받았다. 낙차 당시 처음 땅과 부딪힌 왼팔은 두 동강이 났고, 그다음 부딪힌 턱은 아랫부분이 길게 찢어졌다. 그 충격으로 어금니 하나가 깨졌고 아랫입술 안쪽이 모두 터졌다. 팔 수술을 제외한 모든 처치는 금세 이뤄졌지만, 고통은 이루 말할 수 없었다. 그럼에도 의사는 이만해서 다행이라 말했다. 만일 허리가 부러졌다면, 혹은 목이나 다리가 부러졌다면, 수술도 수술이거니와 재활에 엄청난 시간과 노력이 들 거라며 헬멧을 잘 쓰고 있던 나를 다

독였다. 그 헬멧이 살린 거예요. 헬멧은 정말 중요해요, 라고 말하는 의사의 눈을 보며 나는 크게 고개를 끄덕였다.

사고가 난 직후 열흘 정도는 고통을 빙자해 정말 많이 울었다. 병실에서는 한밤중에 다들 잘 때, 혹은 화장실에서 소리 없이 울기도 했다. 왜 그랬을까, 왜 사고가 났을까, 조금만 더 가면 골인인데, 다음 주도 그다음 주에도 대회가 있는데, 이제부터는 날도 따뜻해지고 자전거를 더 열심히 타야 하는데, 왜 이러고 있나, 왜, 왜, 왜…. 하염없이 이어지는 자책에 마음이 상했다. 순간적으로 사고를 낸 내 자신이 제일 원망스러웠다. 그럼에도 자전거를 다시는 타지 않겠다는 생각은 들지 않았다. 병실에 누워 갖가지 재활 관련 글과 정보들을 찾아봤다. 그즈음에 실내에서 자전거를 타기 위해 스마트 트레이너를 할부로 구매했다. 퇴원하면 정기적으로 물리치료와 도수치료를 받는 건 기본이고, 집에서 하면 좋을 운동과 운동기구들을 전부 장바구니에 넣고 고민 없이 결제했다.

팔에는 두 개의 핀이 박혔고 턱에는 봉합 수술이 이루어졌다. 반파된 어금니에는 크라운을 씌워야 했다. 다행스럽게도 뼈가 붙는 속도와 얼굴의 상처가 아무는 속도가 나이대에 비해 현저히 빠른 편이었고, 수술 후 약 한 달 만에 반깁스를 풀고 본격적인 재활 운동을 할 수 있었다. 뼈에 박은 핀 때문에 항생제와 소염제를 당분간 먹어야 했다. 반깁스를 하는 동안 굳어버린 팔을 굽혔다 펴며 풀어주는 일은 정말 힘들고 지난했지만, 어서 몸을 정상으로 만들어 다시 자전거를 타고 말겠다는 의지 하나만으로 그 모든 시간을 버텼다.

포기하고 싶은 순간이 없었다면 거짓말이다. 팔을 접고 펴는 도수치료가 너무 아파 물리치료 선생님 앞에서 눈물을 줄줄 흘린 날도 마취 없이 레이저로 상처 부위를 지지는 날도, 이제 그만두고 싶었다. 하지만 그럴 때마다 지금 이 순간을 넘지 못한다면 다시 예전처럼 즐겁게 자전거를 탈 수 없을 거라고, 이 고통은 이전의 즐거움을 찾기 위해 반드시 거쳐야 하는 것이라는 생각으로 버텼다.

수술한 지 6주 뒤에 정형외과 진료를 받는데 의사가 불현듯 내게 물었다. "자전거가 그렇게 좋아요? 왜 자전거 타는 사람들은 꼭 어디가 다쳐서 와도 다친 것보다 언제부터 자전거를 다시 탈 수 있냐를 묻는 건가요?" 그냥 좋으니까, 라는 단순한 답이 떠올랐지만 그걸 그렇게 대답할 수는 없었다.

나는 한참을 생각하다 의사에게 답했다. "그것도 일종의 중독이죠."

내 대답을 듣고는 다치지만 않으면 그것도 뭐 빠질 만하죠, 하며 옅은 미소를 짓던 의사는 그 중독을 이어가기 위해서는 다시 다치지 않는 것, 그리고 상황이 점점 더 나아질수록 고강도 재활 훈련을 해야 한다는 이야기를 건넸다. '자전거'라는 매력을 맛본 사람들은 공감하지 않을까. 나에게 이만큼의 세계를 가져다주었는데, 외부의 요인으로 인해 이 세계가 갑자기 사라지고, 물리적 제약이 생긴다면 어떻게 해야 할까. 나는 주저앉아 과거를 꺼내 추억하기보단 그 과거와 비슷한 현재와 미래를 이어가기 위해 노력했다. 내가 겪지 못한 경험과 희열이 아직 있을 테고, 설령 그것이 다치기 이전과 완전히 똑같은 모습으로 재활되지 않는다 해도. 그렇게 갖은 힘을 다해 초기에 열심히 재활한 덕분에, 사고를 겪었던 해의 하반기에는 예전만큼 자유롭고 단단한 몸이 되어 다시 전국을 자전거로 누빌 수 있었다.

사고를 겪고 난 뒤 나는 줄곧 생각했다. 내 인생의 많은 부분을 할애하던 걸 한순간에 잊을 수는 없을 거라고. 그건 자전거가 아니라 무엇이든 마찬가지일 거라고. 누구나 부상을 겪을 수 있다. 하지만 부상 이후를 생각하는 태도는 천차만별일 것이다. 어떤 것이 정답이라 할 수 없겠지만, 나는 '부상'이라는 갑작스러운 벽을 뛰어넘지 못하고 안주하는 사람이 되고 싶지 않았다. 벽을 넘어 더 넓은 세상을 맞기 위한 필수 조건이 고통이라면, 충분히 감당할 수 있었다.

무엇보다 후회하지 않는 것이 제일 중요했다. 부상과 사고로 인한 트라우마는 남겠지만, 아주 천천히 시간과 타협해 가며 지워가면 그만이다. 벽에 막혀 돌아가기엔, 아직 경험해보지 못한 세상이 너무도 궁금했다. 나는 시간을 들여 그 벽을 뛰어넘을 준비를 했고 결국은 성공했다. 현재의 나는 4년 전 부상당했을 때보다 더 확장되고 즐거운 자전거 생활을 즐기고 있다. 부상과 재활을 통해 나는 자전거뿐만 아니라 삶 자체를 대하는 태도 또한 배울 수 있었다. 그때가 있었기에 지금의 내가 있다고 확신한다.

사고를 겪고 난 뒤 나는 줄곧 생각했다.
내 인생의 많은 부분을 할애하던 걸 한순간에
잊을 수는 없을 거라고. 그건 자전거가 아니라
무엇이든 마찬가지일 거라고.

벽을 넘어 더 넓은 세상을 맞기 위한 필수 조건이
고통이라면, 충분히 감당할 수 있었다.

부상과 사고로 인한 트라우마는 남겠지만,
아주 천천히 시간과 타협해가며 지워가면
그만이다.

밀바

자전거를 새로 바꾼 지 얼마 지나지 않아 한창 열을 올리고 있을 무렵, 처음 보는 사람들과 팀 라이딩을 나간 적이 있었다. 평소 팀으로 라이딩을 하기보다는 일과 후 혼자 정해진 운동 코스를 돌거나 주말 하루를 투자해 장거리를 다녀오는 걸 선호했기에 팀 라이딩은 당시의 나에겐 미지의 세계였다. 초대를 받아 참석한 팀 라이딩의 리더는 MTB 선수였고 피팅 센터의 대표를 겸하고 있기에, 기술이나 센스 등을 배울 수 있겠다는 일념 하에 12월의 초입, 찬바람을 뚫고 라이딩에 참여하게 되었다.

그날의 라이딩은 전반적으로 무척 좋았다. 그때까지만 해도 긴가민가했던 팀 라이딩 시스템에 대해서 어느 정도 이해가 잡히는 계기가 되었기 때문이다. 리더는 팀 라이딩에서 반드시 필요한 '로테이션', 즉 한 사람씩 교대로 선두를 바꾸는 라이딩을 직접 사람들을 움직여가며 친절하게 설명해줬다. 평소의 나는 친구들과 라이딩에 나가거나 크고 작은 대회에 나갈 때도 대체로 중간 혹은 끄트머리에서 주행했기 때문에, 로테이션을 돌거나 선두에 설 확률과 용기와 체력 모두 제로였다. 팀 라이딩은 이런 나의 상태를 체크하고 스스로 보완해야 할 점들을 돌아보게 만드는 좋은 경험이 되었다. 하지만 라이딩 말미에 있었던 하나의 사건 때문에 그날의 경험은 다시 떠올리고 싶지 않은 최악의 라이딩 중 하나가 되었다. 바로 '밀바' 때문이다.

'밀바'는 '밀어주는 바이크', 다시 발해 '등 뒤에서 밀어주는 힘'에서 생겨난 단어다. 물론 자전거를 타는 사람들 사이에서만 쓰이는 신조어다. 영어로는 'Push back riding effect' 혹은 'Push back effect' 정도가 적당한 번역이 될 것이다.

내가 밀바를 처음 경험한 때는 자전거를 로드바이크로 바꾸고 난 직후였다. 남산타워를 찍고 북악 스카이웨이를 막 넘을 무렵이었다. 커브가 있는 구간을 지나고 있었고, 힘이 달려 페달링을 꾸역꾸역 하고 있을 때, 힘들어하는 나를 지켜보던 친구가 뒤에서 다가와 내 등 뒤에 손을 얹고 몸을 밀어가며 힘을 보태주었다. 총 150km를 타야 하는 라이딩에서 100km 이후 등장한 낙타 등 같은 가파른 언덕에 지쳐 쓰러지기 직전에 받았던 밀바도 기억난다. 자신의 체력이 한계에 다다랐거나 높은 고도를 올라가면서 힘에 부칠 때 뒤에서 다가오는 구원의 손길. 그 순간만은 자전거에 조그마한 모터를 단 듯 신나게 페달을 밟을 힘이 생긴다. 확실히 밀바는 체력이 방전되었을 때 커다란 도움이 된다.

앞의 이야기로 다시 돌아가서, 12월 초입 그 라이딩이 최악이었던 이유는 이 밀바 때문이었다. 일단 밀바는 해주는 사람이 밀바를 받는 상대방의 주행 방식을 어느 정도 파악하고 있어야 한다. 어떻게 브레이크를 잡는지, 어떤 발로 스타트를 하는지, 방향 조절은 자유롭게 할 수 있는지, 어떤 부분이 취약점인지 등을 대략적으로라도 볼 수 있는 센스도 필요하다. 실제로 한강에서 한 라이더가 다른 라이더의 등을 밀어주다가 둘이 바퀴가 꼬여서 넘어지는 걸 보고 기겁한 적이 있다. 주행 속도가 빨랐다면 분명 큰 사고로 이어졌을 것이다. 이런 위험한 상황이 충분히 일어날 수 있기에 밀바를 하는 사람들은 소위 자타공인 자전거를 '잘 탄다'는 범주에 있는 사람들이어야만 한다. 자신은 물론이고 다른 사람의 체중을 어느 정도 버틸 능력은 당연지사 필수로 갖춰야 한다. 타인을 보호하고도 남을, 안정적인 힘 말이다.

하지만 그날 나에게 밀바를 한 사람은 위에서 말한 그 어떤 조건에도 해당되는 사람이 아니었다. 모두가 초면인 라이딩에서, 그는 떡잎부터 남다르게 불쾌했다. 반말과 존대를 섞어가며 처음 보는 사람들에게 훈계하듯 말을 건넸던 장년 남성이었다. 최대한 그와 멀리 떨어져 주행하자고 굳게 마음먹고 라이딩을 시작했다. 로테이션도 성공적으로 했고, 중간

중간 리더로부터 페달링에 대한 조언도 받았다. 템포도 좋고 기분도 좋았다. 오르막길이 시작되기 전까지는 말이다.

자선거를 타는 사람들 사이에는 '업힐(오르막길)은 오픈이다'라는 말이 있다. 언덕에서의 주행은 상대적으로 바람의 영향을 덜 받는다. 그렇다면 중요해지는 건 개개인의 역량이다. 그런데 사람마다 몸무게나 파워가 제각각이기 때문에, 오르막길에서는 평지 때처럼 모두 붙어서 라이딩을 할 수 없다. 팀 라이딩이 사람들이 하나의 블록으로 이루어져 고속 및 안정적인 주행을 가능케 하는 '닫힘'을 의미한다면, 그 블록이 깨지는 때가 바로 오르막길에서다. 그렇기에 오르막길이 시작되면 팀 주행이 아닌 '오픈', 각자 알아서 간다고 표현하는 것이다.

같은 언덕을 오르더라도 사람마다 역량이 모두 다르기에 대회가 아닌 이상, 함께 주행하는 것이 아닌 자신의 역량대로 올라가야만 한다. 당시 컨디션 난조를 약간 겪고 있던 나는, 언덕 코스가 시작되자마자 리더의 "오픈!"이라는 말을 듣고 그룹 뒤쪽으로 살짝 빠졌다. 이날의 코스는 남한산성이었는데, 예전에 몇 번 와본 적이 있고 남한산성 자체는 언덕과 평지가 고루 섞여 있기에 나는 페이스를 유지하며 쉬엄쉬엄 오르는 중이었다. 그런데 그 순간, 부러 피해 주행했던 장년의 남자가 말 한마디 없이 갑자기 나에게 다가와 '밀바'를 시전했다. 그것도 평지 구간에서 말이다.

한눈에 보기에도 안정적으로 주행하지 못한다 판단되는 사람이 아무런 말도 없이 등에 손을 얹어 밀고 들어오니 정말 불쾌했다. 그가 밀바를 한 즉시 나는 그에게서 떨어지기 위해 속력을 내며 웃는 얼굴로 화를 냈다. 그는 라이딩에 참가한 남성들은 거들떠보지도 않은 채 그룹 내의 몇 여성들에게도 '밀바'를 하고 있었다. 헛웃음이 턱하니 튀어나왔다. 그럼 그렇지, 하나만 하진 않지, 라는 말이 절로 나왔다. 저런 사람들이 있다. 라이딩에 참석한 이유 자체가 뻔히 들여다보이는 사람, 자전거와 운동이 좋아서하는 게 아닌 다른 목적이 있는 사람. 본인의 주행 라인도 제대로 잡지 못한 채 밀바를 여기저기 하고 다니는 행태를 보니 팀 라이딩에 참석한 자체가 후회될 지경이었다. 그 사람 하나로 인해 그날의 라이딩에 대한 감상은 100에서 0으로 돌아갔고, 나는 두 번 다시 이 모임에 참석하지 않으리라 다짐하며 집으로 돌아왔다.

본인을 제대로 알고, 자신의 주행 스타일 또한 정확하게 파악하고 있는 사람 옆에서는 걱정할 게 없다. 하지만 어떤 사람들은, 남은커녕 본인도 알지 못하는 상황에서 타인에게 영향을 끼치려곤 한다. 오르막길도 아닌 평지에서 앞사람과의 간격을 지키고 정속 수행 중인 라이더에게 다짜고짜 밀바를 해서 그 라이더의 템포를 박살내는 행동, 그 와중에 본인은 밀바 이후 비틀거리고 갑자기 힘 빠진 주행으로 뒤에 오는 사람을 위협하는 행위를 반복하는, 예의도 센스도 전무한 사람들 말이다. 이런 사람들은 자전거 주행뿐만 아니라 평소 생활에서도 똑같은 불쾌를 퍼뜨리고 다닐 확률이 높다. 운전을 마구잡이로 하는 사람들이 운전석에서 내려와도 비슷한 행동을 반복하는 것처럼 말이다. 자전거의 주행 스타일을 보면, 그 사람의 됨됨이를 알 수 있다.

도움이랍시고 이것저것 해가 되는 일만 얹어준다면 그걸 과연 선의라고 할 수 있을까. 특히나 자전거 위에서 하는 행동들은 나뿐 아니라 타인을 위험에 빠트릴 수도 있다는 걸 명확하게 인지하고 주의해야 한다. 일상생활에서도 마찬가지다. 모르는 사람과 갑자기 어깨동무하거나 포옹을 하는 행동은 상상도 못 할 일 아닌가. 자전거 위의 세계도 그와 다르지 않다.

자전거 위에서 하는 행동들은 나뿐 아니라
타인을 위험에 빠뜨릴 수도 있다는 걸 명확하게
인지하고 주의하며 주행해야 한다.

모르는 사람과 갑자기 어깨동무하거나
포옹을 하는 행동은 상상도 못할 일 아닌가.
자전거 위의 세계도 그와 다르지 않다.

365일 내내
자전거 타는 방법

자전거를 타기 가장 좋은 계절은 보통 봄, 여름, 가을 세 계절이다. 가을 중에서도 늦가을인 11월에서 12월 사이가 되면 기온이 영하로 떨어지게 되는데, 이때부터 기온이 영상으로 다시 올라오는 초봄까지를 흔히 '시즌오프 시기'라고 부른다.

한겨울에는 눈이 오고 길이 얼어붙는 등 안전 문제도 있지만, 무엇보다 영하의 날씨에 손, 발, 얼굴이 얼기 쉬우니 동계 장비를 갖추고 있는 사람이 아니라면 대부분 이 시기에 자전거를 창고나 베란다 어딘가 깊숙이 넣어두곤 한다. 본격적인 자전거 분해와 정비가 서비스되는 시기도 바로 이때다. 자전거도 자동차와 같다. 시즌 때 자전거를 열심히 탄 만큼 정기적인 점검이 필요하고, 부분 세척과 정비 또한 필요하다. 자전거를 이루는 구성 부품들의 수명이나 상태는 사용자의 주행 스타일에 따라 다를 수밖에 없다. 분해 정비는 전문가가 자전거의 세부 부분들을 하나씩 뜯어 눈에 보이지 않는 문제점을 해결해주는 서비스이기 때문에, 나는 되도록 라이딩이 뜸해지는 겨울마다 정비를 받으려 노력하는 편이다.

물론 겨울 라이딩에 대비해 수십만 원을 투자해 동계 장비

를 산다고 해도 문제는 여전히 존재한다. 기온이 떨어지면 자연스레 신체의 가동 범위가 줄어들고 자세 또한 움츠러든다. 겨울이 되면 옷의 부피와 무게도 늘어난다. 무게가 아무리 가볍다 한들 한여름의 복장과는 비할 것이 되지 못하기에, 그 무게로 신체 밸런스가 깨진다. 낮이 짧아지는 겨울에는 햇볕을 받는 시간도 짧기에 의욕도 그만큼 저하되곤 한다. 폭설이라도 쏟아진다면, 눈이 녹고 길에서 얼음이 사라지길 꽤 오랜 시간 기다려야 한다.

몇 년 전까지만 해도 많은 라이더들이 한겨울에는 자전거를 잠시 중단하거나 다른 운동으로 대체해왔다. 한창 자전거를 타다가 겨울 한 계절만 자전거를 쉬어도 한여름 페이스로 몸을 끌어올리기까지 시간이 걸리기에, 초봄 무렵 자전거 시즌 시작을 알리는 '시즌 온' 라이딩을 하면 너도 나도 헥헥거리며 근육통에 시달리기 일쑤였다. 나도 마찬가지였다. 목도리를 친친 감고 두터운 옷을 챙겨 입고 길을 나서다가, 가끔 추운 날씨에도 페달을 밟는 사람들을 발견하면 놀란 눈으로 바라보곤 했다. 나는 매번 따뜻한 이불의 유혹과 추위와의 싸움에서 처참하게 패배했으니까. 추운 걸 끔찍하게 싫어하는 체질이라 더욱 불리하기도 했지만 말이다.

그런데 2014년, 돌연 자전거 세계에 '가상 라이딩'이 등장했다. 온라인에서 날씨에 구애받지 않고 라이딩할 수 있으며, 전 세계 모든 라이더들과 소통하며 훈련할 수 있다는 '즈위프트(zwift)'라는 프로그램이다. 즈위프트에서는 캐릭터를 만들고 내 키와 몸무게를 적어넣어 실제 조건과 동일하게 라이딩할 수 있다. 다양한 풍경을 보유한 가상의 맵 안에서 달릴 수 있다는 사실, 이 세계에 들어갈 때 별도의 자전거가 필요한 게 아니라 내가 가진 자전거 그대로를 이용할 수 있다는 점이 가장 구미가 당겼다.

즈위프트 세계에 접속하기 위해서는 자신의 자전거를 거치하여 사용할 수 있는 기구인 스마트 트레이너가 필요했다. 그런데 이 장치는 꽤나 고가였다. 블루투스가 탑재되어 기록을 제대로 잡을 수 있고, 안정적인 주행에 층간소음에서도 자유로운 모델은 대부분 최소 백만 원부터 시작했다. 가격 때문에 진입 장벽이 높았고 25km 정도를 가상 세계에서 라이딩하면 유료로 전환해야 했기에, 관심은 있었지만 쉽게 발을 들이기 어려웠다. 몇몇 트레이닝 센터에서 이런 스마트 트레이너를 여러 대 거치해 시간제 이용료를 내면 즐길 수 있는 서비스를 내놓았다. 즈위프트가 궁금할 때면 이따금 센터에 들러 이용료를 내고 경험했을 뿐이었다.

그러다 사고를 당했고, 당분간 밖에서 라이딩을 할 수 없게 된 나는 자연스레 즈위프트의 세계에 뛰어들었다. 자전거를 못 타고 그냥 발만 동동 구르며 시간을 허비하자니 부아가 치밀어 충동적으로 구매한 것이다. 내가 즈위프트를 시작했을 당시만 해도 꽤 많은 사람들이 실내 훈련용으로 스마트 트레이너를 한 대씩 구입하기 시작했을 때라 여러 정보를 어렵지 않게 얻을 수 있었다. 마침 미세먼지가 심해지고 장마가 왔다. 나는 내 몸 상태와 바깥 날씨를 흐린 눈으로 번갈아 바라보며 즈위프트로 가상 라이딩을 즐기기 시작했다.

가상 라이딩, 다시 말해 실내에서 하는 가상 세계의 라이딩은 바깥 세계만큼 '재미'가 있지는 않았다. 자전거를 타다가 편의점에 들러 콜라를 한잔 마신다든지 맛집에 간다든지 하는 소소한 즐거움은 없었다. 하지만 그 모든 걸 감내할 정도의 장점이 있었다. 바로 언제나 내가 원하는 시간에 라이딩할 수 있다는 사실이었다. 이불 속에 있다가도 내키면 바로 옆에 거치해둔 자전거 위로 올라 자전거를 탈 수 있었다. 미세먼지와 한파, 장마 혹은 악천후와도 전혀 상관이 없었다.

갑자기 나타나는 급경사, 비 오는 날의 내리막길, 헬멧 등의 안전 장비 없이 냅다 질주하는 캐릭터들의 모습, 용암과 설산이 공존하는 풍경 등 현실에서는 불가능한 다양한 형태의 라이딩을 할 수 있다는 것도 즐거움이었다. 훈련 또는 가벼운 운동을 하면서 전 세계의 라이더들과 영어로 채팅하고 서로 라이크를 누르며 의지를 불태우는 자잘한 재미도 한몫했다. 새로운 맵에 들어가면 여행하는 기분을 만끽할 수도 있고, 실제 친구들과 만나서 라이딩을 할 수 있다. 즈위프트는 게임과 비슷해서, 주행 거리와 고도에 따라 자전거나 잡화 등을 살 수 있고, 특별한 챌린지를 완수한 사람에게는 번쩍거리는 휠이 장착된 '레어 아이템' 격의 자전거를 수여하기도 한다. 몸은 고통스럽지만 마일리지처럼 차곡차곡 쌓이는 땀방울 아이콘들을 보고 있으면, 제법 뿌듯함이 올라왔다. '겨울을 맞아 시즌 오프한다'는 말은, 이제 옛말이 되어버렸다. 눈과 비가 쏟아지고 폭풍우가 불어닥쳐도 우리에겐 달릴 수 있는 가상의 공간이 생겼기 때문이다.

전 세계에서 각기 다른 환경 이슈로 제대로 된 야외활동을 하지 못하게 되는 경우가 빈번해졌다. 기후 변화로 인해 운동하는 사람들의 발목이 묶이자 그에 맞춰 가상 라이딩 시장도 크게 넓어졌다. 자전거 위주로 운영되던 즈위프트는 달리기를 추가했고, 올림픽이나 아시안게임 등에 맞춰 진

행되는 행사나, 프라이드 페스티벌이나 할로윈 같은 축제, 혹은 블랙 라이브스 매터 운동(Black Lives Matter) 등 특별히 짚고 넘어가야 하는 사회적 사안들에 대한 추모, 애도, 동참의 행사를 더해 다양성을 이어가고 있다. 그러다 팬데믹으로 모든 야외 활동이 마비되고 통제되는 시기에 '비대면'이 중요해지자 즈위프트 유저는 기하급수적으로 늘어났다. 한국에서도 코로나19의 최초 발병부터 이후 1년 동안 즈위프트의 가입자가 엄청나게 증가했는데, 바깥에서 자전거를 탈 때도 마스크를 써야 하고, 여러 명이 운동할 수 없는 등 야외 활동에 불안을 느끼는 사람들이 모두 가상의 세계로 모여든 것 같다.

여전히 나의 베스트는 흙바람을 맞고 변화무쌍한 날씨를 즐기며 자전거를 타는 것이다. 아무래도 가상 공간에서 아바타를 통해 라이딩을 즐기는 것보단 누구나 이쪽을 선호할 테다. 하지만 365일 쉬지 않고 라이딩을 즐기고 싶다면, 가상 라이딩도 이용해보라고 기꺼이 권하고 싶다. 특히나 기후 변화로 인해 여름에는 지겨운 장마가 이어지고 겨울에는 예기치 않은 한파가 찾아왔다 사라졌다를 반복하는 요즈음에는 꽤 괜찮은 보험이다. 현실에서 즐기고 실행하던 것을 그대로 가상의 세계로 옮겨 건강까지 챙길 수 있는 장점. 이런 게 진정한 메타버스의 순기능이 아닐까. 돌이켜보면 즈위프트는 지난 몇 년 동안 꾸준히 핫한 키워드인 메타버스의 아주 좋은 예가 아니었나 싶다.

두 다리
편한 쉼터

어떤 인연에 관해서는 우연이 백 퍼센트 작용했다고 설명할 수밖에 없는 일들이 종종 있다. 내가 상수동 끝자락의 한 자전거 숍을 처음 방문한 날도 그랬다.

그날은 원래 남한산성만 가볍게 돌고 집으로 가려고 했다. 남한산성은 한강 이남에 있고 평지에 비해선 고도가 제법 높은, 어쨌든 '산성'이었기에 충분히 힘든 코스다. 그래서 굳이 한강을 건너가 어딘가를 갈 생각은 없었는데, 작은 사고가 일어나고 말았다. 일행의 자전거가 남한산성과 이어진 자전거 도로 언저리에서 펑크가 난 거다. 임시로 펑크는 막았지만 타이어 자체에 문제가 생긴 상황이어서 당일 점검 및 수리가 필요했다. 수리에 필요한 도구나 장비를 갖춘 곳이 근처에는 전무했다. 마지막으로 갔던 가게에서 누군가 상수동에 위치한 자전거 숍을 소개해주었고, 일행은 택시에 자전거를 싣고 상수동으로, 나는 다른 일행과 함께 자전거 도로를 타고 얼떨결에 그곳에 가게 되었다. 나와 자전거 숍 'LAB306'의 첫 만남은 이렇게 우연으로 시작되었다.

자전거에 관해 어느 정도 알고 있다고 한들, 내 손 안에서 해결하지 못하는 상황들은 분명히 생긴다. 그것에 대비해 좀 더 공들여 장비를 사들이고 스킬을 배우는 등 이른바 '자가 정비'에 신경을 쓰는 사람들이 제법 많다. 단순한 해결이 가능한 정비, 이를테면 펑크가 나거나 체인에 기름칠하거나 하는 수준의 문제야 집에서도 충분히 해결할 수 있다. 하지만 오랜 시간의 주행 혹은 불현듯 찾아온 사고로 인해 자전거가 충격을 받거나, 개월 단위의 주기적 정비가 필요할 때면 나는 나를 믿지 않는 편이다.

글쓰기에서도 마찬가지다. 나는 퇴고를 비교적 꼼꼼하게 하는 편이다. 하지만 글의 톤에 대한 점검과 전체적인 흐름에 대한 조망이 필요할 때는 편집자에게 많이 의존한다. 모든 글에는 저자보다 더 객관적이고 총체적으로 상황을 판단해줄 편집자, 혹은 조력자가 필요한 법이다. 반대로 내가 편집자로 일할 때는 작가에게 이를 최대한 어필한다. 작가가 놓치는 부분을 잡아내고 좋은 방향으로 글을 흐르게 만드는 일이 편집자의 사명이라 믿기 때문이다. 팔은 무조건 안으로 굽기 때문에, 내가 볼 수 있는 시각에는 한계가 생길 수밖에 없다.

나 자신을 충분히 컨트롤할 수 있고 내 자전거를 운용할 능력을 갖추는 것과, 나의 주행 스타일과 성격을 고려해 자전거의 세팅을 맞추는 건 다른 문제다. 나는 나의 안전을 오롯이 내 손에 두기보다, 더 많은 지식과 능력을 지닌 사람에게도 맡기고 싶었다. 전문가란 그냥 있는 게 아니니까. 나는 자전거를 든든한 전문가에게 맡기고, 조언을 새겨듣는 시작을 이렇게 우연히 알게 된 'LAB306'이라는 자전거 숍에서 시작했다. 우연은 어느새 필연이 되어, 수년이 넘는 인연을 이어가고 있다.

주기적으로 이곳을 찾으며 스스로 단골을 자처한 데에는 위치가 한강에서 멀지 않고, 출퇴근길과 겹친다는 이유도 있다. 집에서는 조금 먼 거리였으나 마실 삼아 라이딩하기엔 딱 좋은 거리였다. 나는 자전거에 문제가 생기면 늘 이곳을 찾는다. 자전거를 자주 타지 않던 때에도 이유 없이 방문하기도 했다. '나'라는 사람의 취향에 대해 잘 이해하면서도 '나와 내 자전거'의 협력 방법에 대해 정확하게 파악하고 있는 곳이기 때문이다. 물론 이 또한 단순히 몇 번의 방문만으로 마법처럼 일어난 일은 아니다. 자주 들러 이곳이 자전거에 대해 생각하는 가치와 성향이 나와 어느 정도 맞닿아 있음을 확인했기에 가능했다.

자전거에 문제가 생겼을 때 앞뒤 재지 않고 편히 맡길 수 있는 곳이 있다는 건 정말 큰 위안이 된다. 비슷한 예로 실비

보험을 들 수 있을까. 몸이 아플 때 병원비를 걱정하지 않고 자연스레 병원 문턱을 넘을 수 있게 하는 힘이, 나는 실비 보험에 있다고 생각한다. 실제로 그 보험을 유지하기 위해 이십 대 때는 꽤 오랜 시간 특혜 없이 보험료만 내야 했고, 이걸 이렇게 내기만 해도 괜찮은가 싶은 순간이 있었다. 하지만 삼십 대가 되어 건강에 신경쓰고, 어릴 때의 나쁜 습관들이 질병으로 찾아오게 되는 시기가 도래하고 나서야 무릎을 탁 쳤다. 실비 보험은 혼자 사는 일인 가구, 특히 여성들의 영원한 친구구나. 마릴린 먼로가 부른 노래 '다이아몬드 알 어 걸스 베스트 프렌드'의 '다이아몬드'가 '실비 보험'으로 치환되는 순간이었다. 이 자전거 숍이 그 자리를 지키고 있는 한, 나와 나의 자전거에겐 그곳이 다이아몬드이자 실비 보험이다.

강아지가 자신을 싫어하는 사람을 귀신같이 알고 으르렁대는 것처럼, 사람도 어떤 공간의 공기나 그 공간의 사람들이 자신과 맞는지 아닌지를 본능적으로 느끼곤 한다. 처음인데도 편안하게 다가오는 공간이 있는가 하면, 다시는 방문하지 않을 거라 다짐하게 되는 곳도 있다. 평생 자신의 자전거를 맡길 만한 곳을 찾을 때는, 우선 담당자와 대화를 나눠보고 그 결을 헤아리는 것이 기본이다. 운영 방식이나 그곳에서 여는 갖가지 이벤트, 혹은 가격도 기준이 될 수 있겠으나 그보다 먼저 고려해야 할 건 역시 그곳과 나의 교집합이다. 숍의 위치가 자주 방문하는 자전거 코스 혹은 집 근처에 있다면 그 또한 메리트가 될 수 있다. 내가 나에게 맞는 곳을 찾기 전까지, 마포와 강남의 많은 자전거 숍들을 방문했던 것처럼 다양한 곳을 경험하며 나만의 두 다리 편한 쉼터를 찾는 방법도 좋다. 자신과 꼭 맞는 곳을 발견하고 안착하기 위해 정해진 수순이나 정답 같은 건 없을 테지만, 어딘가에 결이 맞는 곳이 분명 존재할 것이다. 만약 우연히 방문한 곳이 그런 느낌을 강하게 준다면 주저 없이 그곳을 단골로 삼도록 하자. 내가 모르는 부분을 정확히 채워줄 수 있는 전문가가 있다는 사실을 굳게 믿고!

자전거라는
이유를 붙이면

어렸을 때 나는 직접 몸을 움직이는 활동은 지독하게 싫어했다. 초중고 기본 과목 중 하나인 체육시간 때문이었다. 청소년의 체력 증진을 명목으로, 일주일에 한 번은 꼭 들어 있었던 이상한 교과과정. 책상과 걸상으로부터 벗어나 흙먼지와 자갈 세례를 온몸으로 받아도 누가 뭐라 하지 않던 그 시간을 아이들 대부분은 좋아했다. 하지만 나는 정말 죽기보다 체육 시간이 싫었다.

이름 순으로 출석 번호를 짜던 때였다. 나는 성씨가 강 씨인 탓에 새 학기 새 반이 편성될 때마다 99.9퍼센트의 확률로 임시 반장을 맡았고 체육 시간에도 예외 없이 시범 대상이 되어야 했다. '간 씨'나 '감 씨'를 만나지 않는 이상 나는 항상 1번이자 최초의 주자가 되어 앞구르기, 뜀틀, 백 미터 달리기 등을 가장 먼저 버텨내야 했다. 내가 체육에 소질이 있는 아이였다면 남들보다 앞서 시범하는 걸 즐겼을 테지만, 나는 그와 정확히 정반대에 위치한 사람이었다. 황색 운동장 앞에만 서면 심장이 쪼그라들고 팔다리가 저절로 꼬이며, 배가 아프고 머리가 지끈거렸다. 울며 겨자 먹기로 뛰어야 하는 상황에서 좋은 성적이 나올리는 당연히 없다. 체육 시간 한정, 나의 별명은 '거북이' 혹은 '달팽이'였다. 학급 전원이 참여해야 하는 반 대항 이어달리기가 열리면 '1

번 때문에 초반에 거리 벌리기는 힘들겠네'라는 원성을 견뎌내야 했다.

억지로 등 떠밀려 첫 순번으로 등장해야 하는 경험이 쌓이고 쌓이다 보니 자연스럽게 체육 시간이 싫어졌다. 체육 시간이 다가올 때마다 이 영겁 같은 50분을 무슨 수로 버틸지 고민하며 온갖 잔머리를 굴렸다. 수능이 다가옴에 따라 체육을 하는 둥 마는 둥 하던 수험생이 되어서는 체육이 주는 압박으로부터 점차 해방되었지만, 가장 먼저 시작하고 누구보다 앞장서서 주목을 받아야 했던 성씨 '강', 가나다순 1번의 트라우마를 이후 오래도록 쉽게 벗을 수 없었다. 체육 시간에 대한 공포 때문에 성인이 되어서도 운동과 담을 쌓고, 몸을 움직이는 모든 일과 멀어졌다. 그런 생활을 깬 것이 자전거였다. 자전거는 내게 덧입혀져 있던 청소년 시절의 트라우마를 내 힘으로 벗게 했다.

첫차가 다니지 않는 시간과 버스 막차가 끊긴 시간에도 자전거만 있다면 가지 못할 곳이 없었다. 같은 자전거에 올라도 때로는 운동, 때로는 여행이 되었다. 차보다는 느리지만 걷고 뛰는 것보다는 빨라 몇 시간이 걸려도 결국 가고 싶은 장소에 다다를 수 있는 매력도 있었다. 게다가 스스로 속도를 조절하며 바깥 공기를 실컷 마실 수 있는 자유까지. 자전거는 한번 배워두면 평생 타는 운동 중 하나다. 어렸을 때 자전거를 타는 법을 배웠기 때문에 성인이 되어 나만의 자전거를 가진 후 다시금 페달을 밟기까진 그리 오랜 시간이 걸리지 않았다.

어릴 때의 관성적 움직임 혹은 내 것도 네 것도 아닌 공공재의 자전거를 탈 때와는 다르게, 이번에야말로 내가 내 돈을 들여 산 내 것이라는 사명감과 즐거움을 느끼며 앞으로 나아갔다. 마음의 높이를 다르게 가지니 자전거라는 물건 자체가 이전에 알던 것과는 전혀 다른 존재로 인식된 것은 물론이다.

이렇게 쉬운 걸 왜 지금까지 안 했을까? 이렇게 재밌는 걸 왜 지금까지 몰랐을까? 좀 더 일찍 자전거에 흥미를 느꼈다면 좋았을 거란 아쉬움은 지금도 남아 있다. 하지만 청소년기의 나, 갓 성인이 된 나, 자전거를 사기 위해 돈을 모으기 이전의 나는 그저 적절한 때가 아니었던 거다. 모든 일에 때가 있다고 믿는 편은 아니지만, 상황과 조건이 정확히 맞물렸기 때문에 지금에 이르게 된 순간들이 분명 존재한다. 나와 자전거는 그랬다. 나의 자전거에 이유를 붙이자면 그렇

다. 적합한 순간에 이르러 만났기에 지금까지 행복하게 지낼 수 있다고.

마지막으로 자전거에 대한 예찬이 아름답게 남긴 권나무의 노래 〈자전거를 타면 너무 좋아〉에서 가장 좋아하는 구절을 붙여본다. 때로는 몇백 장의 글보다 단 몇 줄의 노래가 사물에 대한 예찬을 더 공고히 하곤 한다. 듣고 있자면 입꼬리가 씨익 올라가는 사랑스러운 노래다. 언젠가 당신의 불행과 불운을 날려줄 든든한 자전거 친구를 곁에 두고 이 노래를 함께 흥얼거릴 수 있기를.

"발을 구르면 별들이 가까이
정직하게 어두운 밤
달리는 바람 그 소리를 들어보네

손끝 스치는 그날의 불운을
아무것도 모르는 채로
달리는 바람 그 소리를 들어보네"
–〈자전거를 타면 너무 좋아〉, 권나무

모든 일에 때가 있다고 믿는 편은 아니지만,
상황과 조건이 정확히 맞물렸기 때문에
지금에 이르게 된 순간들이 분명 존재한다.
나와 자전거는 그랬다. 나의 자전거에 이유를
붙이자면 그렇다.

언젠가 당신의 불행과 불운을 날려줄 든든한
자전거 친구를 곁에 두고, 이 노래를 함께
흥얼거릴 수 있기를.

Editor's letter

작가님의 생활은 단단합니다. 자전거를 타고 앞으로 가는 사람처럼요. 넘어져도 다시 일어나고, 편견 앞에서는 목소리를 내며 앞으로 계속 나아가죠. 바람을 가르고 발을 구르며 길 위를 달리는 시원한 풍경들이 이 책 안에 가득 담겨 있습니다. 이제 자전거 생활을 시작하려는 분들께 유용한 노하우도 문장 곳곳에 녹아 있어요. 읽다 보면 한구석에 잠들어 있던 자전거가 다시 보일 거예요. 이번 주말엔 자전거를 타러 가볼까요? **현**

저는 매일 '따릉이'로 출퇴근하고 있습니다. (고맙습니다, 서울시!) 자기만의 방이 있는 연남동까지는 따릉이로 단 15분. 대체로 출근 시간에 딱 맞추어 헐레벌떡 들어오지만, 가끔, 아주 가끔 일찍 일어나는 날이면 자전거를 타고 동네를 한 바퀴 빙 돌곤 해요. 그때 느껴지는 시원한 바람이라든가, 이제 막 뜨는 해님과 속도를 맞추기, 길가에 핀 들꽃을 훑는 일 같은 것은 자전거와 함께하지 않았다면 누리지 못할 것들이지요. 그 시간을 포기할 수 없어서 저는 계속 자전거를 타는 게 아닐까요. 책에서 작가님은 이렇게 표현하시더라고요. "그것도 일종의 중독이죠." 네, 매일 더 튼튼해지는 중독인 것 같습니다. **령**

자전거를 타면 앞으로 간다

1판 1쇄 발행일 2022년 10월 25일

지은이 강민영
발행인 김학원
발행처 (주)휴머니스트출판그룹
출판등록 제313-2007-000007호(2007년 1월 5일)
주소 (03991) 서울시 마포구 동교로23길 76(연남동)
전화 02-335-4422 **팩스** 02-334-3427
저자 · 독자 서비스 humanist@humanistbooks.com
홈페이지 www.humanistbooks.com
시리즈 홈페이지 blog.naver.com/jabang2017
디자인 디자인 이프 **일러스트** 최연주 **용지** 화인페이퍼 **인쇄** 삼조인쇄 **제본** 광현제책사

자기만의 방은 (주)휴머니스트출판그룹의 지식실용 브랜드입니다.

ISBN 979-11-6080-909-1 03810